致青春

悟人生

爱事业

与青春握手

Shake Hands with Youth

一位长者的微言大义

在这个充满机遇与挑战、
创新与风险的大变革时代，
你们的青春将何处安放？如何绽放？
我想与大家一起分享……

黄泰岩　著

中国财经出版传媒集团

经济科学出版社
Economic Science Press

图书在版编目（CIP）数据

与青春握手：一位长者的微言大义/黄泰岩著.—北京：
经济科学出版社，2021.3
ISBN 978 - 7 - 5218 - 2463 - 6

Ⅰ.①与… Ⅱ.①黄… Ⅲ.①演讲 - 中国 - 当代 - 选集
Ⅳ.①I267

中国版本图书馆 CIP 数据核字（2021）第 055807 号

责任编辑：于海汛
责任校对：杨 海
责任印制：范 艳 张佳裕

与青春握手
——一位长者的微言大义
黄泰岩 著
经济科学出版社出版、发行 新华书店经销
社址：北京市海淀区阜成路甲 28 号 邮编：100142
总编部电话：010 - 88191217 发行部电话：010 - 88191522
网址：www. esp. com. cn
电子邮箱：esp@ esp. com. cn
天猫网店：经济科学出版社旗舰店
网址：http://jjkxcbs. tmall. com
北京季蜂印刷有限公司印装
787×1092 16 开 12 印张 150000 字
2021 年 3 月第 1 版 2021 年 3 月第 1 次印刷
印数：0001—3000 册
ISBN 978 - 7 - 5218 - 2463 - 6 定价：69.00 元
（图书出现印装问题，本社负责调换。电话：010 - 88191510）
（版权所有 侵权必究 打击盗版 举报热线：010 - 88191661
QQ：2242791300 营销中心电话：010 - 88191537
电子邮箱：dbts@ esp. com. cn）

辽宁大学2011届经济学院研究生合影 2011.7.4

与青春合影

新浪辽宁 > 教育频道 > 校园播报 > 正文

研究生毕业典礼讲话 辽大校长玩"保佑体"

来源：沈阳晚报　2012-07-07 10:53:07

沈阳晚报讯(见习记者 刘莹)甄嬛体、凡客体、道歉体……如今，大学校长们的毕业致辞没有最精彩，只有更新颖。"我的签名将永久地停留在你的毕业证上，它将会执著地保佑着你。"7月5日，辽宁大学2012届研究生毕业典礼上，校长黄泰岩就推出了"保佑体"毕业致辞。

一句"辽大是块金字招牌，不管你信不信，反正我信了"后，演讲正是转入"保佑体"。随后，更多反响热烈的句子横空出世："毕业后，辽大将伴随你一生，无论你喜欢与不喜欢，他都在那里，不离不弃。""毕业证不管搁抽屉里，搁书桌上，搁被窝里，都会保佑你。"

在辽大研究生毕业典礼上，校长黄泰岩的整篇演讲高潮不断，并强调学校和自己会祝福和保佑大家，让大家充满自信。台下的学生们不时发出欢呼和议论，校长的"保佑体"演讲不但赚足了学生们的笑声与掌声，更给学生带来了惊喜和鼓励。

"读了这么多年书，第一次听到这样的讲话。感觉挺萌，也挺贴近学生的。"罗同学是辽宁大学文学院的研究生，她说校长的演讲能体现出一种开放和创新的态度。

黄校长的演讲在网上也得到同学们的追捧。网友"王_大能"发微博说："原来黄Sir是这么样的啊，那天起来晚了，错过了毕业典礼，真心有点遗憾啊！"网友"闫同学"则表示："再也不羡慕别的学校校长在毕业典礼上的出口成章、

中央民族大学 >

❤️ 👍👍👍 这个演讲稿，主旨明确，语言朴实，表述全面，通俗易懂！与习近平总书记语言风格基本一致。在这个重要的时刻，黄校长把语重心长换成了兄弟唠嗑，鼓舞士气，振奋人心。作为一个毕业九年的学子，我们点赞 👍 149

❤️ 👍👍👍 毕业三年 每次看到不同年份的毕业演讲都会想哭 求看新的民大版的学位证！！！！！超羡慕！！！！！ 👍 130

❤️ 👍👍 才情四溢，温情暖男，颜值爆表的校长 👍 122

❤️ 👍👍 毕业七年了 但仍感亲切/可爱 希望民大毕业的学子们能够为社会和人民做贡献 为学校争光 实现自己人生价值 👍 107

❤️ 👍👍 才情四溢，温情暖男，颜值爆表的黄大大，我代表学子家长崇拜你 👍 97

❤️ 黄校长萌萌哒😘 👍 88

中央民族大学 >

❤️ 👍👍 很赞的，心潮澎湃😄 👍 186

❤️ 精彩 🌺🌺🌺 👍 171

❤️ 👍👍 很有朝气的校长 👍 165

❤️ 👍👍 偶也 👍 164

❤️ 好怀念刚上学那会，让我重新开始一定要过不一样的大学，四年有很多遗憾，认真对待现在未来才会无憾 👍 158

❤️ 辽大的朋友哭着评论说去年他们还是校长的小苹果呢～哈哈哈黄大大还挺招人喜欢挺抢手哈 👍 153

❤️ 👍👍👍 上学十几年终于看到了与众不同的开学致辞，充满朝气和希望，校长大大也是潮人啊😊 👍 141

中央民族大学 >

❤️ 👍 校长好好棒好棒！民大给我四年！为什么才四年啊 👍 28

❤️ 校长今天嗓子不得劲儿 赶紧好起来～ 👍 27

❤️ 今年参加女儿的毕业典礼时，校长的一句世界那么大，你们该去看看，乐翻全场 👍 25

❤️ 👍👍 引领潮流的时尚酷萌校长，太棒了👍👍👍 👍 23

❤️ 黄校长致辞幽默又语重心长,为儿子进入民大而骄傲！ 👍 19

❤️ 发言振奋人心！有才、有道、有时尚；有情、有爱、有大同！可见民大人文环境非同一般！选民大正确的选择！ 👍 17

❤️ 👍👍 太赞了 👍 17

❤️ 黄校的每一次致辞都很特别，还好我现场听过您给我的毕业致辞😊 👍 9

中央民族大学 >

❤️ 👍👍 校长先生还是这样一贯接地气的讲话，赞，之前刚来学校的讲话还记忆犹新呢，小鲜肉们，加油咯 👍 93

❤️ 👍👍 哈哈哈哈哈 校长好萌好喜欢！！！简直好伙伴 WE are 伐木累～ 👍 87

❤️ 别具一格的开学典礼致辞，超赞👍👍 👍 81

❤️ 👍👍 2016级新生开学典礼我会参加的 我要考上中央民族大学 一定要考上 必须要考上。加油! 👍 68

❤️ 黄大大萌萌哒! 👍 68

❤️ 👍👍 校长真棒🙈 👍 65

❤️ 👍👍 向黄大大致敬 👍 51

中央民族大学 >

❤️ 👍👍 TFBOYS唱到："这世界的太阳，因为自信才能把我照亮。"原来黄大大是TFboys的粉啊😄😄 👍 118

❤️ 👍👍 校长好帅/酷/酷/酷 👍 117

❤️ 激励人心又时尚萌萌哒致辞 棒～ 👍 106

❤️ 👍👍 黄大大萌死啦😘😘😘 👍 102

❤️ —— 😊哥哥，希望你在新的学校有新的开始。 👍 99

❤️ —— 中午孩子打电话说说了黄校长特亲切，特幽默，特别潮。刚看见黄校长的开学典礼致辞，果然，黄校长是个亲切、幽默、学识渊博、有爱心的好校长！孩子有福了，因为她选择了民大，拥有了一个好校长！相信老师们也错不了！！ 👍 94

中央民族大学 >

❤️ 👍👍 😄想念黄校长 👍 28

❤️ 想念黄大大😄你的小苹果们今年也要毕业了呢～ 👍 26

❤️ 辽大学子也爱您，羡慕嫉妒恨中央民族大学的学生。 👍 18

❤️ 从民院到民大，母校的发展是我们民大学子的愿望，祝福民大越办越好！ 👍 13

❤️ 👍👍 毕业八年了，十分想念母校。我想看看学校自己设计的学位证书是啥样子？ 👍 12

❤️ 👍👍👍 👍 12

❤️ 因缘相遇 魂牵梦萦！ 👍 7

❤️ 爱民大，一辈子😊 👍 1

前　言

2020 年 8 月 24 日，我卸任中央民族大学校长，回归教授。

能先后担任辽宁大学和中央民族大学校长，是我一生的荣幸，也是难得的成长经历，心中一直充满感激、感谢和感恩，我将以余生尽力回报。

在任校长期间，因工作原因，每年都要在开学典礼给新同学致欢迎辞或在毕业典礼给毕业生致辞。由于我把同学们当成"小苹果"，"爱他们三千遍"，鼓励他们"乘风破浪，炼就无价少年"，做"时代弄潮儿"，所以每年的致辞都被很多老师、同学、校友和朋友们喜欢，也被《人民日报》《光明日报》《中国教育报》《中国民族报》等报刊和辽宁电视台，以及微信、微博等新媒体大量发表和转载，收获了很多点赞，产生了较好的社会影响。鉴于此，在我卸任校长职务后，一些朋友建议我将所有的致辞整理出来结集出版，一是激励更多的学生和青年谱写奋斗的青春、有价值的青春，做到青春无悔；二是让学生们看到一个更为完整、系统的致辞，从不同层面、不同视角给同学们以人生启示；三是重温当年与大家共同经历的时光，触摸记忆。我觉得有道理，就欣然同意。如果出版后真能发挥一点作用，那是我莫大的荣幸；如果有不当的地方，敬请大家批评指教。

在整理书稿过程中，我发现我过去在一些图书和报刊中关于人生的感悟刚好可以与开学或毕业致辞前后呼应，相互支撑、相互印证，因而我也把它们整理出来放在书中。主要有：一是自 2004 年开始，我在每年出版的《中国经济热点前沿》（已出版 17 辑）前言中，都会结合当年我经历的事情或以每一辑数字的变化为引子，将我对人生的一些感悟写出来，17 年来构成了一个系列；二是我就任辽宁大学和中央民族大学校长时的发言；三是为朋友撰写的两个书序和我之前出版文集的自序。选取这些文章还有一个重要原因，就是这些文章的内容和风格相近。由于这些属于同类内容和同样的写作风格，与致辞合在一起没有违和感。

于是，我将致辞和我六十多年人生中的一些人生思考整合在一起，最终形成了《致青春》《悟人生》《爱事业》三篇具有一定逻辑关系的本书体系。

在本书文章的选取中，我努力坚持：一是原汁原味，除个别词语做了简单处理外，基本保持了文章的原貌，而且除了前期的一些致辞外，都是公开发表或出版的文章；二是每篇基本按照时间排列，这样既可以看出文章前后的衔接性、互补性、递进性，也可以看出我的成长与进步；三是全盘托出，将我在辽宁大学和中央民族大学期间的全部开学和毕业致辞，以及其他渠道我的感悟全部呈现出来，展现我感悟的全貌；四是在致辞中加进了我在母校内蒙古呼和浩特第二中学的发言，这是郭校长让我作为校友代表给即将奔赴考场的高中毕业生们加油的另一种类型的毕业典礼致辞。

选择《与青春握手》为题，主要是因为，一是开学典礼和毕业典礼致辞都是面向青春飞扬的年轻人，《与青春握手》就是与他们沟通交流；二是希望通过我的人生经历和对人生的感悟，激励和鼓舞年轻人，《与青春握手》就是希望他们通过奋斗能够拥有自己无悔的青春；三是提醒自己和我的同龄人，保持年轻心态，有所为有所不为，《与青春握手》就是希望我们能够永葆无关年龄的青春。

此书是我一段人生的总结，既体现了我的成长进步之路，也表达了我对人生价值的探求之路。从这个意义上说，也是我已出版文集《探求市场之路》《探求发展之路》《探求政治经济学之路》《探求改革之路》《探求中国经济学之路》的续集，因而也可以称为《探求成长之路》。

人在任何时候都需要成长，只是每一阶段有每一阶段的使命和价值。因此，我在卸任校长时讲到：回归教授后，我将多搞点教学，多做点科研，多出点成果，以此作为回报。这意味着新的人生阶段已经开始，我将永葆童心，怀抱新希望，勇担新使命，做出新成绩，追求新的诗和远方。

感恩我能有这样难得的人生经历，更庆幸我曾与青春的你们一起合影留念，今天我要特别感谢你们和我一同在本书出镜，感谢所有对本书有所贡献的朋友们，恕我没有一一把你们的名字列出来。最后感谢中国财经出版传媒集团副总经理吕萍、经济科学出版社社长李洪波、财经分社社长于海汛等为本书出版做出的巨大努力。

黄泰岩

2021 年元宵节

目　录

悟人生　/ 077

致青春

与 青 春 握 手 So Young

少年的自强，必须来自超强的能力，

这是跟随的耐力，并肩的实力，引领的魅力。

超越对手，才能成为强者；

超越自我，才能强者恒强。不断超越，才能立命。

青春没有地平线，世界等你们去改变！

| 与青春握手 | 一位长者的微言大义

Shake Hands with Youth

常怀感恩之心　方能行稳致远

——辽宁大学 2011 届研究生毕业典礼致辞

（2011 年 7 月 4 日）

亲爱的 2011 届研究生同学们！

大家好！

今天我们在这里为你们举行隆重的毕业典礼，我受程伟书记的委托，代表学校向同学们讲几句话。在大家现在都急切期待着领取毕业证书和学位证书的神圣时刻，话多了有点不合时宜。所以，我只讲六个字：祝贺、感谢、期待。

祝贺大家经过几年的努力学习，艰辛写作，终于如愿以偿，非常荣耀地获得硕士或博士学位，成为国家精英教育的一员，人生修炼到一个新的境界。说实在的，我非常羡慕大家，因为我在硕士期间提前攻读博士学位而没有拿到硕士学位证书，我得到博士学位证书的时候，当时却没有博士帽。这成为我终生的遗憾。

感谢大家在学期间努力学习，刻苦钻研，取得了优异的成绩。这是你们的荣耀，更是学校的荣耀！你们热爱学校，为学校的发展建言献策、倾吐心声，用你们方方面面优异的成就为学校增光添彩，辽宁大学近年来的蓬勃发展与进步凝聚着你们的心血与汗水。正是因为有了一代代像你们这样的优秀学子，辽宁大学这棵大树才会枝繁叶茂。感谢你们在校期间对母校的包容，由于母校客观条件的限制，你们在学期间不可避免地在学习、生活等方面存在不如意的地方，但你们都能以宽容之心理解母校。感谢你们的导师，他们在你们在学期间，付出辛劳，做了一个导师应该、甚至远远超出应该范畴的大量工作，可以说，没有他们的精心指导，你们不可能顺利毕业，这份师生之情你们应铭刻在心。我最不喜欢两类人：一是忘记父母养育之恩的人；二是忘记老师培育之恩的人！常怀一颗感恩之心，是中华民族的美德！

期待你们在新的人生旅程中做出更大、更多的成绩，这不完全出于母校一己之利，更在于看到你们在新的岗位上取得进步，哪怕是微小的进步，母校和你们的老师们都将满心欢喜！因为我们快乐着你们的快乐，幸福着你们的幸福，当然也会悲伤着你们的悲伤。为了收获更多的幸福和快乐，我代表学校特做如下临别赠言，以共勉。

一是牢记"明德精学、笃行致强"的校训。大家虽已毕业，但还要时时牢记校训。因为大家既然毕业于辽大，就永远是辽大人，辽大校训就是我们永远的激励！同时，也要清醒地认识到，辽大校训也适用于离开母校的你。做一个有道德的人，是人生成功的前提。德才兼备，以德为先，这是我国用人的基本标准。学习是我们终生的任务，是我们进步永远的阶梯。笃行，则要求我们言必行，行必果！致强，则时刻警示我们没有最好，只有更好！我坚信：牢记我们校训的人，必有好的前程！

二是牢记"读万卷书，行万里路"的古训。在学期间，大家的主要任务是读书，今后大家将走向社会，当然还要读书，读更多的书，但在社会这个大课堂，行路将成为主要的学习方式。要从实践中学习，从实践中汲取丰富的科学营养。特别是中国正处在全面建设小康社会的关键期，深化改革和转变发展方式的攻坚期，以及大有作为的战略机遇期。实践需要我们的知识，因为知识就是力量！伟大的实践将为大家施展才华展现出广阔的舞台。同时，中国的实践又是前无古人、后无来者的伟大创造，实践将检验我们的知识，修正我们的知识，提升我们的知识，只有"行万里路"，才能使我们更有力量！

三是牢记"勿以善小而不为"的警训。人生的成功，绝不是一个偶然事件，而是一个人从点点滴滴小事做起，日积月累而成的。不能做小事的人，最终难成大器。小事都不做，或不好好做，谁又敢把大事交给你去做呢？孔子为什么说"三十而立，四十而不惑，五十而知天命"，就是因为需要几十年的修炼，你才能实现这个顿悟，达到那个境界。当然，我们这里所说的做小事，是做好事！做善事！

同学们！"儿行千里母担忧"！你们将离开母校，母校会时时刻刻惦念着你们，祝福着你们，母校是你们前行的坚强后盾。你们的每一个进步都将为母校增光，你们对母校的每一声问候都将使我们满足。盼望你们能常回家看看，这里永远是你们的港湾和加油站。

谢谢大家！

愿你拥有"三心" 收获成长精彩

——辽宁大学 2011 级本科生开学典礼致辞

（2011 年 9 月 9 日）

亲爱的 2011 级新生同学们、孩子们：

你们好！

当我看到你们满心欢喜来到这里的时候，仿佛时光倒流，穿梭回 32 年前我到中国人民大学报到的那一刻，所以我可以感受到你们现在所拥有的那种荣耀、梦想，新生活的感觉！所以，受程伟书记的委托，请允许我，当然我更愿意以一个学长的身份，代表学校，代表那些从大学走出来的学长们，对来自全国 31 个省市自治区 4947 名加入辽宁大学，成为中国 211 大学、辽宁省唯一一所综合性大学的精英学子，表示热烈的欢迎！

同时，辽宁大学也要衷心地感谢你们！由于你们拥有一双慧眼，把辽宁大学的真实价值看得清清楚楚、明明白白、真真切切，使你们义无反顾地选择了辽宁大学，辽宁大学的金字招牌由此在全国更加熠熠生辉。我校今年文理科录取线再创新高，理科高出辽宁省一本线 44 分，文科高出 19 分。从这个意义上说，没有你们的选择，辽宁大学就不会有今天的高度！

同学们，你们刚刚告别了养育你们的小家，来到辽宁大学这个追求梦想的大家庭。大家和小家虽有不同，但它们的共同点都是有亲情、有温暖。愿你们能够尽快熟悉这个家，认同这个家，融入这个家。其实，我和你们一样，是在今年 6 月 7 号来到辽宁大学报到，从这个意义上说，我也是一个新生。但比你们早 3 个月先来，算是提前过来给你们打打前站，看看校园怎么样？饭菜好不好？3 个月下来，我可以非常负责任地说：辽宁大学非常好！现在，就请允许我带你们看看我们辽宁大学这个新家。

首先，这个家的地位很尊贵。一是得到国家领导人的高度重视。辽宁大学作为一个省属高校建校 60 多年（作者注：自建校至演讲年份，下同①）来，建设和发展一直都得到了几代国家领导人的高度重视。朱德元帅亲自为我校题写校名；前总理李鹏同志视察我校，并为蕙星楼题名；前国务委员陈至立等领导亲临我校视察，对我校的建设成就给予高度评价；我校经济学院院长林木西教授作为全国高校唯一的教师代表到北京接受温总理的接见。二是我校为国家"211"大学之一，是全国 1000 多所大学中的精英学校。三是我校为辽宁省唯一的一所综合性大学，拥有文、史、哲、经、法、理、工、管等多个学科，具有学科交叉优势。

其次，这个家的长辈很伟大。大学必须要有大师，辽宁大学有一批大师级的人物。一是历史上有师从史学大家王国维、梁启超的史学教授周传儒，著名语言文字学家、书法家张震泽，剑桥大学归国博士、一代经济学宗师宋则行，抗美援朝期间参加中国人民反对细菌战科学调查团专家组成员秦耀庭，共和国总理周恩来的老师张镜玄，等等。二是现在

①辽宁大学源起 1948 年 11 月东北人民政府在沈阳建立的商业专门学校，是中国共产党创建的第一所专门商科高校。1953 年，东北商业专科学校合入东北财经学院。1958 年，东北财经学院、沈阳师范学院的部分科系与沈阳俄文专科学校合并，组建成辽宁大学。

有程伟教授、白钦先教授等一批国家级著名专家，其中有双聘院士、全国教学名师、国务院学位委员会学科评议组成员、国家社科基金评审组专家、教育部长江学者特聘教授等。

第三，这个家的孩子很出息。人才培养是大学的核心任务，也是检验大学办学水平的重要标志，辽宁大学60多年来培养出了一大批社会栋梁型人才。一是从学的最高成为院士；二是从政的最高成为国家政协副主席；三是从商的成为全国著名企业家。一代代优秀的毕业生成为辽宁大学的骄傲。

第四，这个家的实力很强大。一是综合实力排在省属高校的第一方阵，现有8个一级学科博士学位授权点，62个二级学科博士学位授权点，3个博士后流动站；二是拥有世界经济、国民经济学和金融学3个国家重点学科，在全国地方高校中，一个学校在经济学科拥有三个国家重点学科的只有辽宁大学一家；三是拥有国家经济学基础人才培养基地、高校辅导员培训与研修基地和教育部人文社会科学重点研究基地——转型国家经济政治研究中心、2个国家级实验教学示范中心、6个中央与地方共建高校特色优势学科实验室。我校办出了质量、办出了特色、办出了影响力。

同学们，能够有幸进入这样的大家庭，成为辽大人，我们有资格、有资本深感骄傲和荣耀！同时，我也衷心期盼大家在学四年能够进一步光大辽宁大学的荣耀。为此，特提出以下三点与大家共勉：

第一，要有爱心。爱可爱之人和可爱之事，这是小爱，而大爱无疆。爱有多大，道有多宽。为此，就需要做到：一是爱国，没有国哪有家？国家的繁荣富强为我们安心学习创造了雄厚的物质基础与和平稳定的环境。二是爱父母，母爱是人世间最伟大的爱，一个不懂得爱父母的人将永远得不到别人的爱。三是爱老师，一日为师终身为父，他们是这个新家的长者。当然，老师要担当起为父的责任，做一个值得学生们爱的人。四是爱同学，他们是这个新家的兄弟姐妹，大家要相互团结、相互尊重，特别是要有一颗包容之心。

第二，要有童心。童心不泯是走向成功的重要法宝。一是童心好奇，这是激情的源泉，求索的动力；二是童心无邪，这是我们的行为符合德性的保障，正所谓"昏君无道"；三是童心无忧，这使我们能够快乐地学习和享受学习的快乐。

第三，要有狠心。对自己一定要狠！大学四年，转瞬即逝，大家要抓住这黄金时间，做到：一是狠心管住自己，学习，学习，再学习！为进步准备好阶梯。二是狠心顶住诱惑，专注于自己该做的事，否则，你就会迷失在功利的森林里，"像一个流浪汉一样无家可归（德鲁克语）"。三是狠心坚持到底，行百里者半九十，胜利往往就在坚持一下的努力之中。只要我们的方向正确，目标可行，就要有那种一竿子扎到底的持之以恒的精神。

同学们，你们在学的四年，是辽宁大学快速内涵发展的四年，愿你们能够与辽大共成长，也更期望由于你们的存在，辽大将更精彩！

谢谢大家！

适应人生进阶　完成华丽转身

——辽宁大学 2011 级研究生开学典礼致辞

（2011 年 9 月 16 日）

亲爱的 2011 级研究生同学们：

大家好！

我代表辽宁大学全体教师和你们的师兄师姐们对你们加入辽宁大学成为研究生表示热烈的欢迎！同时，对你们能够选择辽宁大学，无论是自愿的还是不自愿的，都表示衷心的感谢！

你们选择辽大进一步深造，是应该感到非常自豪的决定，因为辽大值得大家自豪！我们的研究生教育，经过辽大人 30 多年的努力，取得了优异的成绩。目前，我校拥有 8 个博士学位授权一级学科、70 个博士学位授权二级学科、20 个硕士学位授权一级学科、161 个硕士学位授权二级学科、23 个专业学位硕士授权学科，3 个博士后流动站。我们拥有一支专业知识深厚、学术水平高的导师队伍，共有博士生导师 87 名、硕士生导师 448 名。其中，国务院学位委员会学科评议组成员 1 人，享受国务院政府特殊津贴专家 84 人，多人入选国家及辽宁省"百千万"人才工程优秀人才。学校研究生总数将近 6900 人，其中博士研究生 369 人，硕士研究生 3931 人，专业学位研究生 2596 人。

同学们，从今天起，你们已经成为研究生，实现人生进阶。作为研究生，与本科生的最大区别，就是你们是有研究任务的学生，研究成为你们学习的新特色。为此，我想以一名导师的身份与大家聊聊如何当好一名研究生。我认为，要完成从本科生到研究生的蜕变，至少要推进以下三个转变：

1. 学习能力的转变。人在成长的不同阶段所需要的能力是不同的。读书时期是记忆力；工作时期要创造力；40 岁以后要有领导力。你们虽然还在学习，但是具有研究任务的学习，这就需要你们培育自己的创造力，仅有记忆力是没有前程的。

2. 学习思维的转变。本科阶段的思维定式是存异求同，有标准答案；研究生阶段则要变为"存同求异"，标新立异，大胆设想，小心求证。这是对你们思维能力的一次严峻考验，是对固有知识和现有成果的思辨和批判。创新就是要敢于质疑学术权威，敢于另辟蹊径，敢于想前人非所想、做前人非所做的事情。

3. 学习方法的转变。一是尽快站到学科的前沿，进入研究领域；二是课堂学习与社会学习相结合，做到理论联系实际；三是在研究中学习，带着问题学，活学活用，学用结合。

最后，祝同学们在研究生阶段：

学业进步，身体健康，生活愉快，万事顺遂！

谢谢大家！

有母校保佑　你们的未来不是梦

——辽宁大学 2012 届研究生毕业典礼致辞

（2012年7月5日）

尊敬的各位同学、各位老师、各位家长：

上午好！

在今天各位同学经过三年艰苦学习，拿下硕士或博士学位证书的幸福时刻，请允许我代表程伟书记和学校，向 1453 名研究生同学们表示热烈的祝贺！也向你们的指导教师们表示衷心的祝福！正是你们共同的努力，辽大才拥有你们这些合格的建设者，辽大才拥有这份荣耀！

同学们！三年前，你们怀揣梦想，带着青年人特有的朝气来到这里。经历了一千多个日日夜夜，你们以自己的执着、坚韧、勤奋，以对学术的忠诚和热爱，以年轻人独有的方式，给母校精神加上了青春的注脚。作为研究生，你们是辽大学术和科研的生力军，你们是知识的创造者，无论在课堂上、实验室还是社会实践中，你们追求新知，勇于实践，勇于创新，不负众望，在你们完成学业的同时，也为学校事业发展付出了汗水和心血，为学校争得了一个个荣誉，母校以你们为骄傲，母校感谢你们！当然，在三年的学习期间，你们在学习、生活等方方面面肯定也有一些对母校不满意的地方，在此，我代表学校向你们表示歉意！希望你们留下意见，带走幸福和快乐！

同学们！从你进入辽大那天起，你就成为辽大人。辽宁大学这个符号就将伴你一生，无论你喜欢还是不喜欢，愿意还是不愿意，她都在那里！你没有选择！但这个符号对你很重要，因为一个好的符号，可以为你带来前程！可以使你增值！

毫无疑问，辽大是块金字招牌。从学的，我们培养出了院士、北京大学副校长等一批杰出人才；从政的，我们有全国政协副主席以及一批省部级干部；从商的，我们有万达集团老总王健林等一批企业家。我相信：有辽大这块金字招牌的保佑，你们的未来不是梦！

同学们！为了辽大这块金字招牌，我们必须珍惜每一分钟，珍惜每一次机会，努力前行！目前正在热炒高考状元的时候，我看到了一个统计调查分析，说 1978 年恢复高考以来所有的高考状元，从学校走向工作岗位后，在学术界、产业界和政府界，并没有个个出类拔萃。为什么？因为我们的应试教育，考的主要是记忆力，但进入工作岗位后，靠的就不再主要是记忆力，而是创造力！其实在研究生阶段，特别是博士生阶段，创造力的要求就不断提高。

今天你们从学校毕业了，你们的未来能走多远，取决于你们的创造力能够发挥到多大程度。如何发挥你们的创造力？我想送你们十六个字，即孙子兵法所说的："知己知彼、百战不殆，知天知地、胜乃可全"。

母校期待着你们创造佳绩，为辽宁大学这块金字招牌添光加彩！前一段时间我到外地出差，到机场接我的领导跟我说：他们收了一个辽大的研究生，工作中非常优秀。当我见到他时，我紧紧地握住他的手，感激之情油然而生！昨天，我校的宣传部部长参加省里的招聘面试，评委们给分最高的是我们辽大的学生！所以，母校有一千个理由相信：在新的工作岗位上，你们一定是佼佼者！

　　同学们！在你们创造佳绩的同时也请你们放心，我们这些留守在辽宁大学的师生员工们，也将为建设实力特色祥和高水平大学而加倍努力，让你们以成为辽宁大学的校友而倍感自豪！

　　同学们！今天也是我非常感动的日子，你们第一次取得硕士或博士学位证书，我也是第一次在硕士或博士学位证书上签上我的名字。我的名字将伴随你的一生，无论你把它放在书柜里、抽屉里，还是丢在某个角落里，它都将在那里默默地保佑你、祝福你、欣赏你！快乐着你们的快乐，幸福着你们的幸福！

　　谢谢大家！

愿你拥有"三意" 成就舱舱通达

——辽宁大学 2012 年新生开学典礼致辞

（2012 年 9 月 3 日）

亲爱的新生同学们，以及新生家长们：

你们好！

首先请允许我代表程伟书记，代表全校全体师生员工对来自全国 31 个省市自治区 5075 名新同学的到来表示热烈的欢迎！感谢你们选择辽宁大学，认同辽宁大学，辽宁大学以拥有你们而倍感骄傲！

同学们，你们虽然离开了温暖的小家，但却拥有了温馨的辽宁大学这个大家庭，你们可以同样感到一进家就有暖洋洋的灯光在等待，可以把乱糟糟的心情都忘掉！

在这个大家庭里，有值得我们敬仰的大家长，这就是程伟书记，他担任辽宁大学校长 12 年来，为辽宁大学贡献了自己的聪明才智。大家看到的这个新校园、这个宏伟的体育馆，以及你们各自所在学科的大发展，都是他带领团队艰苦奋斗 10 多年创下的基业。我们这些后来者，在这片树荫下，定应以感恩之心光大这份伟业！使我们的后来者也同样能够感受到我们的伟大！

在这个大家庭里，有值得我们尊敬的老师们，"一日为师终身为父"，他们将以父母般的慈爱关心你们、包容你们，使你们在受伤时就想起他们温暖的怀抱，在生气时就想起他们那永远的包容！但他们又将胜过父母，以其渊博的知识滋润你们的心田，引领你们进入学术的殿堂。在这里，我代表全校老师们向你们承诺：我们将以最大的努力，履行教书育人的天职，配得起"老师"这个尊贵的名字！

在这个大家庭里，有值得我们互敬互爱的同学们，大家虽然来自于祖国各地，民族不同，文化不同，风俗不同，但能聚在一起成为同学，这是缘分！大家应该知道珍惜，把彼此当做兄弟姐妹去爱，有福就该同享，有难必然同当！大家记住：大学同学是你们最值得珍惜的宝贵财富！

在这个大家庭里，为什么要打造祥和的文化、祥和的氛围，就是因为我们是一家人，相亲相爱的一家人！在这温暖的家里我们做梦，然后行动，然后再做梦，再行动，直至把辽宁大学建设成为实力、特色、祥和的高水平大学！

同学们，辽宁大学是一所"211 工程"大学，在全国 1300 多所全日制大学中进入了百所"211 工程"大学的方阵，在这个方阵中，不论是北大的、清华的、人大的，还是辽大的，大家都是一样的，就如同我们要去北京，有的乘飞机、有的坐火车，也有的乘大客车，大家进入了"211工程"学校，就标志着你们拿到了飞机票，虽然飞机上又分为头等舱、公务舱和经济舱，但毕竟大家都在一架飞机上。这就意味着，我们辽大的学生，与北大、清华、人大的学生在一定意义上讲，是站在了新的同一起跑线上。事实也是如此，我们辽大人，从学的，有当上北大副校长、院士的；从政的，有当上全国政协副主席的；从商的，有成为全国著名企业家的。在 2011 年，我校免试推荐的研究生中，有 59% 的学生进入了"985"高校。可见，只要在一架飞机上，头等舱、公务舱和经济舱是通的。

大家既然又站在了新的同一起跑线上，为了使大家不输在起跑线上，今天我想在去年赠给你们师兄师姐"三心"即爱心、童心、狠心的基础上，送给你们"三意"，形成"三心三意"：

第一，自我管理的意识。大学与高中不同，高中的学习目标非常明确和单一，就是考上最好的大学，因而可以用整齐划一的标准化管理去迎接高考。但是，大学的学习目标却是多元的、个性化的，大学精神就是倡导学术自由，鼓励创新。在这种自由的学术氛围中，虽然有学校的管理、老师的引导，但你们必须学会严格的自我管理。那种应付上课、应付考试的做法，那种随波逐流的做法，最终就是应付自己，要付出青春的代价。自我管理好要学会自我设计，明确自己的发展方向。请大家记住：当方向不明确的时候，战略决定一切；在战略明确的情况下，执行决定一切；在执行过程中，细节决定一切。

第二，高效率学习的意志。大学四年，似乎很长，但细算一下，其实很短。按天计算，也就是 1460 天，假定每天平均工作 8 小时，也就是 11680 小时。大学期间的学习任务又很重，怎么在短暂的时间里学到更多的知识，既读万卷书，又行万里路，唯一的办法就是提高学习效率，努力达到"一箭三雕"的效果。如环境学院的熊毅同学成为 2011 年辽宁省教育年度人物；文学院的南光辉同学写出了 58 万字的小说《裤兜里的青春》。大家要努力更多地经历，更多地积累。经历得越多，成长就越快。

第三，宽以待人的意气。大学四年，有这么多的兄弟姐妹，既有一起相处的欢乐，也会有相处的不愉快。如何以宽容之心理解别人、包容别人，这是今天的大学生，特别是独生子女大学生们必修的一门课。修好这门课，你将受益终生，因为你的心有多大，你未来的路就有多宽，你未来的舞台就有多大！

同学们，我喜欢，在四年中，你们能为了家人和自己的理想打拼，能为了个人和世界的美好打拼；四年后，我喜欢，毕业时能看到你们幸福微笑的脸庞！一生中，我喜欢，用我们的相知相守换来辽宁大学的基业常青！

谢谢大家！

打破传统思维 实现换道超车
——辽宁大学 2012 年研究生开学典礼致辞

（2012年9月13日）

亲爱的 2012 级研究生同学们、家长们：

大家好！

首先请允许我代表程伟书记，代表全校全体师生员工对今年入学的 2274 名研究生新同学表示热烈的欢迎！对同学们选择辽宁大学继续深造表示衷心的感谢！

同学们，从今天起，你们将永远有个共同的名字"辽大人"，我们应以拥有这个名字而感到荣幸，因为辽大是一颗梧桐树。辽宁大学作为辽宁省唯一的省属"211"高校，在老校长程伟书记的带领下，经过多年的奋斗，不仅在辽宁省奠定了重要的地位，而且在全国高校中也表现出了自己的实力与特色。就拥有的全国教学科研平台来看，拥有 3 个国家重点学科、2 个教育部人文社会科学重点研究基地、1 个教育部教学基地、1 个教育部辅导员基地、一个教育部文科综合实验中心；在全国各类的学术组织中，我校有学会的副会长、学科评议组成员、国家社科基金评审专家；在科研项目的竞争中，我校先后获得了 5 项国家社科基金重大项目、2 项教育部人文社科重大攻关项目，这些重大项目都是与"985"高校竞争获得的；在今年的长江学者评审中，我校一举实现自己培育零的突破；

在今年的百篇优秀博士论文评审中，我校得到提名奖，实现了历史性突破。从目前拥有的博士点和硕士点来看，我校拥有 8 个博士学位授权一级学科、62 个博士学位授权二级学科、26 个硕士学位授权一级学科、160 个硕士学位授权二级学科、23 个专业学位硕士授权学科，3 个博士后流动站。我们拥有一支专业知识深厚、学术水平高的导师队伍，共有博士生导师 88 名、硕士生导师 498 名。

当然，辽大也存在许多不足，甚至有的是严重的不足，这就需要我们紧紧依靠全体教职员工，紧紧依靠全体学生，特别是包括在座的研究生们，沿着我校"十二五规划"和去年党代会所确定的发展方向，刻苦努力，奋力拼搏。但我校发展的环境与"985"高校，甚至与其他"211"地方高校相比，在资金、人才等许多方面存在差距，甚至是比较大的差距，这就是说，我们是作为一个相对的弱者在同一个平台上与强者竞争。要在这种不对等的竞争中取得成功，就需要我们打破常规思维，拿出新思路、新举措、新办法。

同学们，你们已经成为研究生，研究生与本科生的最大区别就在于你们不仅仅是学习，更重要的是研究，你们是辽大科学研究的新生力量。如何在在学的三四年中取得佳绩，我提以下三点意见供大家参考：

1. "拜大师"。大学的关键在大师，求学的关键在拜大师。大师的指导，加上自身的努力，就是你走上成功的秘诀！拜大师，一要拜你们的导师。要认认真真地向你们的导师学习，在科研上与导师合作，在这方面，不要怕吃苦，更不要怕吃亏。在这个意义上说，吃亏是福！二要拜学校的其他导师。每个导师有每个导师的长处，你能够博采众长，必成大器。三要拜校外的大师。这样你就可以突破本校的局限，在更大的平台上吸取营养。拜大师，用一个形象化的比喻，你虽然是"羊"，但你只要与"大"连接，你就会活得很"美"！

2. "悟特色"。要突出自己的特色，以特色获取核心竞争力，在这方面的口号就是："要么第一，要么唯一"。"唯一"就是生命力，就是竞争力。形象地说，你虽然是"羊"，但只要有"特色"，就是为自己这只羊找到了立身之本，一旦"羊"掌握了自己的命运，就成了"祥"，一切吉祥了。

3. "求创新"。创新是一个民族的灵魂，更是求学的基本精神。创新就是在似乎没有路的地方找到路，把似乎没有联系的东西联系起来。形象地说，"羊"和"鱼"是不搭界的，但把二者合在一起，就成了"鲜"，创新出一片新鲜的天地。

所以，"美""祥""鲜"，就是作为一个相对的弱者在同一个平台上与强者竞争的取胜之道、成长之道、卓越之道。

同学们，这个时候，我就想起了小时候大人问我们的一个问题：树上有 10 只鸟，一枪打掉一只，还剩几只？当时我们刚刚学会加减，就回答还有 9 只，但大人们说，其他 9 只鸟都吓飞了，我们才恍然大悟，树上一只鸟都没了。树上真的没有鸟了吗？还有！因为鸟如果不会飞呢，如果是聋子呢，如果枪是无声的呢……只要我们敢于大胆设想，小心求证，树上总会有鸟的！

祝大家在学期间成果丰硕！

谢谢大家！

以"三大三小" 铸就无悔青春
——辽宁大学 2013 届研究生毕业典礼致辞

（2013 年 7 月 2 日）

尊敬的各位研究生同学们、老师们、家长们：

大家上午好！

刚才研究生同学代表和研究生导师代表做了很好的发言，令我感动。这么多学生和家长参加毕业典礼，令我动情。首先，请允许我代表程伟书记和学校向今年获得博士学位和硕士学位的同学们表示热烈的祝贺，同时，也向在你们成长过程中倾注心血、付出关怀和给予指导的各位导师和家长们致以衷心的感谢！

同学们，三年来，你们在教室、试验室和图书馆里，把你们的聪明和智慧，印在了学业和学术的成绩单上，同时，在银杏树下、林荫道上、桃李园里，留下了你们青春活力的美好记忆。你们即将逝去的研究生青春，将幸福地安放在这学术厚重而美丽的校园里！

明天，你们将走上新的岗位，续写你们新的青春。不同的时代，会赋予青春不同的内涵。我们当年唱着"八十年代的新一辈"，憧憬着二十年后的再相会，表现了 50 后的青春；前不久放映的《致青春》，郑微、陈孝正等人的奋斗和感情纠葛，展现了 70 后的青春；最近引起热议的《小时代》，林萧、南湘等在满目浮华中的寻找，演绎了 90 后的青春。虽然随着时代的变迁，青春画卷越来越多姿多彩，难以捉摸，甚至对一些人来说有些"毁三观"，但在这青春万花筒的背后，有一点却是亘古不变的，这就是有能力才会有青春！在当下，这个能力绝不仅仅是学习书本的能力、考试的能力，而是综合的能力。概括起来就是你的"智商""情商""逆商"。大家通过研究生期间的学习，扩展了知识的广度和深度，提高了智商，但要走的更远，还需要富有"情商"和"逆商"。一个人的成长，智商固然重要，但相比较而言，情商和逆商比智商更重要。特别是"逆商"。人不可能总是一帆风顺，在各种各样的逆境中，只有顶得住、扛得住、守得住，坚持到最后才能取得成功。在人生的旅途上，很多人都败给了一个"等"字。我祝福同学们，都能够"等"到圆梦的那一天。

在新的市场竞争中，特别是当面对北大、清华、人大等国内一流高校的同学们，以及海归们的竞争时，你们往往会自嘲为"屌丝"，认为人家太强了，自己弱爆了！我一直认为：我们辽大的学生不是"屌丝"，我们辽大很强大！你们的师兄师姐们为辽大这块金字招牌做出了重要贡献，如北京大学的校长是我们辽大毕业的研究生王恩哥教授，辽大培养的商界领袖数量在辽宁排名第二。退一万步说，即使真的是"屌丝"，那又怎么样！《中国合伙人》这部电影的经典台词说得好："你现在还是一个失败者吗？我至少奋斗过"。辽大学生应该有这点骨气！

同学们，在你们即将告别母校，满怀激情、意气风发到一个全新的未知世界去奋斗时，我愿以一个过来人，向你们提出如下"三大三小"的期望，以共勉：

第一，大事清楚，小事糊涂。所谓大事清楚，就是明方向、定准位、有德行。人生"小胜靠智""中胜靠德""大胜靠道"。所以，现在你们只学到了书本知识和拿到了学位，是远远不够的，还要有"德"、有"道"，只有悟出"道"，修好"德"，人生之路才能走得更精彩。所以，我一直说，凡是记住和努力践行辽大校训的辽大人，定有好的前程！小事糊涂，不是让你们不拘小节，而是希望你们对那些蝇头小利和眼前得失，不要斤斤计较、耿耿于怀，这正所谓心有多大，舞台就有多大。

第二，大处着眼，小处着手。你们还有青春，还有梦想，世界是你们的，这就是大处。但眼下，你们刚刚进入社会，难免要去"打酱油"的。别认为自己"打酱油"挺委屈，挺悲催的。根据我的经验可以断定：只要你能认认真真地"打酱油"，HOLD 住三五年，度过这黑暗期，定有收获。想一想，小事都做不好的人，哪个领导敢交给你去做大事？人生如茶，不会苦一辈子，但会苦一阵子。这正是做小事，成大器。同时，也只有把小事与大器联系起来，才能达到"慎独"的境界，这意味着一个人的专注和坚持，是发自心底的充满愉悦的自然行为，没有强制，没有监督，没有约束，概括起来就是"我愿意"，I DO！

第三，大人和而不同，小人同而不和。你们在未来的工作中要有君子那种开放的胸怀，要善于同别人分享权力和利益。一个人能力再强，也干不过团结协作的一群人！要学会合作，要融入团队。其实，一个人的成长，不在乎你自己拥有多少资源，而在乎你能调动多少资源，能利用多少资源。利用和调动资源需要你们有大智慧。

同学们，学校渴望你们成长，并非出于狭隘的一己私利，而是对你们的一种大爱。请大家记住：无论你们走到哪里，活得如何，无论是幸福，还是痛苦，是快乐，还是悲伤，母校都在这里，祝福着你们，保佑着你们，爱着你们，母校永远是你们的家！一句话，一辈子，一生情。让我们举起这杯酒，为了你们的未来，为了辽大的明天，干杯！

谢谢大家！

谨记和践行辽大校训的人
一定会有好的前程

——辽宁大学 2013 级本科生开学典礼致辞

（2013 年 9 月 11 日）

亲爱的新同学们：

大家好！

今天我们在这里隆重举行开学典礼，程伟书记带领我们全体师生员工，张开双臂欢迎来自全国 31 个省市自治区 4965 名新同学投入辽宁大学的怀抱。我们为能拥有你们而骄傲！是你们，让辽宁大学在辽宁省的招生分数今年又提高了一大步！感谢你们还没进校门，就给辽大做出了贡献！

同学们！从你们走进辽大的那一刻起，你们就成为辽大人。你们应该为成为辽大人而感到荣耀和自豪，因为从我们学校里，走出了一大批成功的校友，其中最具典型代表的是现任北京大学校长王恩哥院士，他就是在这里完成了本科和硕士研究生的学业。现在，你们已经从他们的起点启程，我期待着你们走向成功！

去年我在开学典礼上用"舱位论"说明了 211 高校与 985 高校虽然有差别，但对一个人的成功与否并没有决定性的影响，都可以到达成功的彼岸。王恩哥院士等杰出校友的涌现就证明了这一点。今年请允许我引用毕业于北京大学的"新东方"老总俞敏洪的一句话再次强调这一点。

他说：每年进北大的有好几千人，出北大的也有几千人，能够成功的到底有多少呢？事实上，北大学生成功的比率并不比任何一个其他大学的学生成功比例高。他举例说：如果大学就意味着成功的话，那么也就没有马云了。因为马云高考考了 3 年，只进了杭州师范学院。显然，你未来是否成功和你上什么大学并没有必然联系。你成功的真正奥秘，不在于你在哪个学校学，而在于怎么学。今年我还想再强调一点，就是你学什么专业，对你的成功与否也不重要，因为专业只是飞机上的座位而已，座位是可以随时调换的。所以，成功不在于你在大学里学了什么专业，而是在于你跟谁学，学到了什么，以及获得了什么样的素质和能力。

为了使你成为一名成功的辽大人，我建议：请你谨记和践行辽大校训。

1. 明德。"明德"的核心要义是弘扬人性中光明正大的品德。具体包括：一是大爱之心。常怀大爱之心，才能积极向善，助人为乐。二是感恩之心。常怀感恩之心，才能乐观豁达，上善若水，宁静致远。三是包容之心。常怀包容之心，才能与人相处，才有朋友，才能合作，才会共赢。"明德"

的核心价值是开启通往成功道路的"金钥匙"。我们讲"道德",何为"道德"?就是有"德",才有"道",才有路可走。海尔张瑞敏的用人之道就是:有德有才重用,有德无才培养,有才无德慎用。

2. 精学。"精学"的核心要义是学习要做到精益求精。具体包括:一是读万卷书,这是学习之本。俞敏洪在大学期间读了800本书,他要求参加"新东方"面试的人必须读200本以上。二是行万里路,这是学习之根。只读书不行路,最好也就是一个"移动硬盘"。只有接地气,才能服务社会,知识才能成为力量。三是不耻下问,这是学习之法。三人行必有我师。"精学"的核心价值是培养创新的素质和能力。只有学贯中西、顶天立地,才能创新知识。即:"博学而笃志,切问而近思,仁在其中矣。"大学的根本是大师。大师之所以是大师,就在于他的"立德、立言、立功"。

3. 笃行。"笃行"的核心要义是认准了目标要持之以恒地走下去。具体包括:一是专注。所谓"注",就是三点水加一个"主"字,意思是说一个人只要拿定主意而不被其他所诱惑,就会"三生万物"而走向成功。2012年度国家最高科学技术奖获得者王小谟院士在获奖感言中就说到:"我一辈子就做了一件事:研制雷达,然后负责将世界上最先进的技术应用到预警机上,把设计变为现实"。二是坚持。行百里者半九十,说明末路之难,有多少人没有坚持到最后。三是慎独。这意味着一个人的专注和坚持,是发自心底的充满愉悦的自然行为,没有强制,没有监督,没有约束,概括起来就是"我愿意"。"笃行"的核心价值是敢拼才会赢。俞敏洪大学毕业的讲话就体现了这一点。他说:同学们,大家都很厉害,我追了大家5年没追上,但是请大家记住了,以后一个扮演骆驼的同学肯定不会放弃自己,你们5年干成的事情我干10年,你们10年干成的事情我干20年,你们20年干成的事情我干40年,实在不行我会保持心情愉快身体健康，到了 80 岁后把你们一个个送走了我再走。这是我个人保持到现在的人生态度，我认为这种人生态度对我来说非常有效。

4. 致强。"致强"的核心要义是每一个人都可以成为强者。大家看到，"强"字的右下角是个"虫"，说明小虫也可以成为强者。具体包括：一是大可以大强，有大强之道。二是小可以小强，有小强之道。三是弱可以变强，有"羊"变成"美"的诀窍。"致强"的核心价值是条条道路通罗马。我看过的"欣赏就是力量"这个故事深深地感动了我，在此愿与大家一起分享。这个故事说明：要学会欣赏别人，这是正能量。当然，也要学会欣赏自己。

我坚信：凡是谨记和践行辽大校训的人，一定会有好的前程。

谢谢大家！

构建互联网思维　成就"男神女神"

——辽宁大学 2014 届本科生毕业典礼致辞

（2014 年 6 月 27 日）

亲爱的毕业生同学们、老师们、家长们：

你们好！

我们在这里齐聚一堂，为 4006 名学生举行隆重的毕业典礼，给你们贺喜与送行。这是我校第一次两个校区的全体同学一起参加的毕业典礼，也是第一次在新落成的体育馆举行毕业典礼，我作为校长也是第一次在本科生毕业典礼上发言。三个"第一次"足以表明今天绝对是辽大历史上"高大上"的一次毕业典礼！

四年前，你们怀揣梦想来到辽大。在追梦的四年中，为了成为"最强大脑"，你们发奋学习，取得了骄人的成绩。就在昨天，你们中的一位同学给我发了一封邮件，至今让我激动不已。他说：大一时他5门功课不及格，一度陷入迷茫，但在听了一位老师，据他说是极为精彩而又发人深省的课后，点燃了他学习的激情，激活了他不轻言放弃、勇于担当的责任意识。从此发奋读书，今年以优异成绩考入中国人民大学。他只是你们的一个代表、一个缩影。你们的业绩已经镌刻在辽大成长的里程碑上，辽大永远不会忘记你们！借此机会，请允许我代表学校，向你们、向你们的家人、向你们的老师表示衷心的感谢！

今天，你们已经毕业了，长大了，不能再问"爸爸去哪儿"了。有一种说法，一个人的成功有三个基本标志：一个可以的文凭、一份满意的工作和一个幸福的小家。在座的各位同学，你们可能都还没有小家，但有一个你们肯定都实现了，这就是拿到了"211"大学的文凭，"辽老大"的文凭。有了这个文凭，就敲开了获得一份满意工作和幸福小家的成功之门。王恩哥当上了北大校长，王健林成为了中国首富。或许有人认为"211"毕竟不是"985"。对此，我曾讲过，"211"与"985"的区别只是同一架飞机上经济舱与头等舱的差别。只要努力，想升舱，那都不是事儿！今年你们考上硕士研究生的人数多达820人，免试推荐研究生人数达到455人，许多人进入了北大、清华、人大等国内一流大学和世界名牌大学，在旅途中实现了升舱。前天，我在经济学"基地班"颁奖会上对同学们讲：辽大毕业生应该有这份自信！当然，我也梦想有一天，全国各路"学霸"能云集辽大，证明我们学校是中国最"牛"的高校！

明天，你们将走上新的学习和工作岗位，将面对一个复杂多变的世界。所谓复杂，就是这个世界，既有真善美，也有假恶丑；既有帮你的贵人，也有害你的小人。假如一个人有一条好腿，也有一条坏腿，如果天天看那条坏腿，你就会滋生抱怨，甚至仇恨；但如果你去天天想那条好腿，你就会感谢上苍给你留了一条好腿，你就会乐观，天天充满阳光。我的一位朋友曾经对我说：看你每天傻呵呵、乐呵呵的，真不忍心欺负你。我说：这就对了，欺负一个老实人算什么英雄！这正应了"难得糊涂"的至理名言。当然，即使需要你面对一条坏腿的时候，那又有什么可怕的呢？请大家记住：我们是辽大的，不是吓大的！找家人、朋友、老师聊聊，总有解决的办法，这就是"天辽地大"。所以，面对困难，甚至挫折，一定要始终保持乐观向上的精神。积我近60年之经验，这是走向成功的制胜法宝。我当过坦克兵，差点死过，更何谈苦过。每当面对困难时，我就会想到当年"死"过、苦过，都过来了，今天还有什么过不去的"火焰山"！当然，我不是让大家都要去"死一回"，而是要大家相信：只要你保持乐观的心态"替天行道"，天一定不会绝你之路！

同学们！你们即将面对的世界还是一个迅速变化的世界。当年世界500强的大企业如柯达、诺基亚、摩托罗拉都"死"了，现在激战正酣的巴西世界杯小组赛，上届冠军西班牙队已经出局了。看看这个世界真的"一切皆有可能"！作为一个年轻人，面对这个世界的瞬息万变，你恐惧吗？如果是，那你就大错特错了。因为只有变化，才有机会。如果没有网络技术的革命，怎么会有"京东"，哪里还会有"小米"？同样，如果没有变化的世界，你的青春将何处安放？所以，青春的真正价值就在于挑战变化，正如《孙子兵法》所讲的那样："能因敌变化而取胜者，谓之神！"

同学们，在这个复杂多变的世界里，如何成为"男神"或"女神"，我作为老师和长者给你们的临行赠言是：构建互联网思维。

你们一定每天在百度、在微信、在淘宝，但你们每天在这个互联网虚拟世界里遨游的时候，具备互联网思维了吗？

百度的功能就是搜索，以最快的速度找到我们想要的准确答案。人生首先要解决的就是"你要什么"。所以，你们要以最快的速度建立起自己的搜索系统，在尽可能短的时间内找到自己的"真爱"，哪怕是在

"星星上的你"。给自己精准定位，明确方向，然后就是顶住各种诱惑、持之以恒地坚守到底。只有精准定位，才能把自己标签化、特色化，甚至唯一化，才能彰显"舍我其谁"的英雄气概。只有专注地坚守，才能做到极致、完美，才能拥有"沉鱼落雁"的绝世之美。

微信的功能不仅仅是聊天，更重要的是朋友圈。你建哪个群，入哪个圈，非常重要，因为它决定了你将与谁聊，聊什么。正如同吃饭一样，30年前当吃不饱的时候，吃很重要；当吃饱了以后，吃什么东西变得更重要；当什么东西都吃了以后，在哪儿吃更重要；当什么地方都吃了之后，跟谁吃就更重要了。从吃没吃、吃东西、吃"地方"到吃"人"，显示了这个社会的巨大变化。在这个微信爆炸的时代，重要的也已经不再是聊，而是跟谁聊，进入"聊人"的时代。刘永好说得好："如果你的圈子是进步的，想不赚钱都难。"那么，有人可能会问，我一个小人物，能入什么圈？我记得给大家曾经讲过"羊"的三种活法："美"就是要"拜大师"；"祥"就是要"有绝技"；"鲜"就是要"跨界"，从而"上档次"。所以，"羊"也可以活得"高大上"！这可能是大家喜欢"喜羊羊"的原因吧？

淘宝的功能在于为买卖双方打造一个公共平台。淘宝的成功告诉我们：平台很重要。有的人自认为怀才不遇，抱怨自己没有平台。其实，平台总是有的，只是有的人只看到了有形的平台，却忽略了无形平台的存在。有这样一个故事：一个人在单位工作多年没有被提职，而与自己一起来的，甚至比自己晚来的同事却升了职。此人认为自己努力工作却得不到领导的赏识，因而愤愤不平找到领导询问。领导笑而不答，却让他先做一件事，询问一个代表团何时来访。此人认为这等小事，还不简单？于是打了个电话，便回来报告领导说：代表团周五下午到，仅此而已。这时领导又让一位已经提职的同事过来做同样的事。过了一会儿这位同事回来报告说：该代表团共几人将在周五下午从某地乘某航班 3 点半到达机场，已安排车到机场接机。大约 4 点半到达酒店，稍事休整，大约 5 点钟前来拜访您，会议室也已安排好。会谈安排 1 个半小时，然后去用餐，餐后送代表团回酒店休息。此人听完后，一切都明白了。所以，在工作和学习中，一定要珍惜每次得到的机会，因为每个机会都是展示自己才华的绝好平台。这正如我以前告诉大家的那样：做小事，成大器。

　　同学们，相信与互联网一同成长起来的你们，一定能够建立起自己的互联网思维，成为互联网时代的"变形金刚"。

　　最后，愿我们相离莫相忘，且行且珍惜！

　　谢谢大家！

培育创造力　做时代"弄潮儿"

——辽宁大学 2014 年研究生毕业典礼致辞

（2014 年 7 月 2 日）

亲爱的毕业生同学们、老师们、家长们：

你们好！

我们在这里齐聚一堂，为 2000 名研究生举行隆重的毕业典礼和学位授予仪式，给你们贺喜与送行。今天的发言，本来想偷个懒，把我在 6 月 27 日本科生毕业典礼上的发言，加以完善送给大家，结果一不小心被广泛传播了，微信真是太强了，偷懒都不给机会啊。但转念一想，这也是好事，由于你们是研究生，人生的成长阶段和面对的问题毕竟有所不同，应该为你们"私人定制"一个发言。我们辽宁大学的毕业典礼必须"高大上"。

同学们，三年前，我和你们一起来到辽宁大学。三年中，我们一起奋斗，虽不是"同窗"，但也是一个战壕里的"战友"。作为"战友"，我们一起共同见证了辽大的成长和变化：学校排名和一些专业排名大幅前移、国家社科基金和自科基金成倍增长、高端论文大批涌现，等等。这些成绩的取得，无疑都凝结着你们辛勤劳动的汗水。借此机会，请允许我代表学校，向你们、向你们的家人、向你们的老师表示衷心的感谢！同时也祝贺你们，经过三年艰苦努力的学习，顺利取得了辽宁大学的毕业证书和学位证书。你们灿烂的笑容，透出了你们心中的喜乐。我建议你们一定要和你的家人、朋友分享快乐！正如孟子所言："独乐乐，不如众乐乐"！

三年来，我们虽然角色不同，但都有了一个共同的履历：在辽大工作和学习。虽然我不知道，辽大三年的经历对你来说是快乐还是痛苦，但有一点是肯定的：任何经历，都是你难得的人生财富。这就是为什么让大家一定要"读万卷书、行万里路、经万般人，做万件事"。只有什么都经历了，见识了，才能达到"曾经沧海难为水"的境界。所以，要在你有限的人生中，努力增加更多的经历和感受。为此，就需要永葆一颗"童心"，"求知若饥、虚心若愚"。在此我建议大家，每年"六一"，一定要向自己和朋友道一声"儿童节快乐"！我一直坚持至今，这大概是别人说我看起来比实际年龄要年轻的原因吧。

对于经历什么，人们当然愿意拥有快乐和幸福的经历，这无可厚非，但同时也应明白，痛苦和不幸往往可能是更加刻骨铭心的经历，是更大的人生财富。乔布斯当年如果没有被赶出苹果，就不会成就后来的乔布斯。正如乔布斯所言："如果我没被苹果解雇，这些事完全不可能发生，这是一帖味道很苦的药，但是，我想病人应该需要它"。所以，无论是快乐还是痛苦的经历，只要遇上了，就好好经历，细细品味。保持"生活虐我千百遍，我待生活如初恋"的心态。努力做到：遇到真爱，要争取相伴一生；遇到知己，要真诚相处；遇到贵人，要知恩图报。当然，当你遇到害过你、背叛过你的人时，你也要真心地感激他，因为是他让你认识了这个世界，让你更加坚强。中国字"赢"，开始就是一个"亡"字，这意味着：只有经历苦难，玩过命，才会赢！

赢，虽然是我们通过苦难的经历最终希望得到的结果，但是，以"赢"的心态去赢，往往会适得其反。因为你为了赢而赢，就会因此变得功利、短视、自我，你的行为必然扭曲和变形。虽然"不想当将军的士兵不是好士兵"，但"天天想当将军的士兵肯定当不上将军"。我在大二时就确定自己一辈子老老实实做学问，绝不去做行政，其中有几次机会都放弃了，但今天却鬼使神差到辽大当了校长，结果是"不想当校长的教授却当了校长"。这个道理，中国字"赢"说得很明白。把"赢"字拆开看，"亡"字下面是个"口"字，这告诉我们，要"赢"，还必须会讲道理，以理服人，如在市场竞争中拼杀出来的成功企业家，一个比一个会讲企业故事。这意味着交流沟通很重要，"朋友圈"很重要。"赢"字的下面有三个字，这是"赢"的基础和条件：第一个字是"月"，要日积月累，表明经历很重要；第二个字是"贝"，表明需要一定的物质基础；第三个字是"凡"，就是要有一颗"平常心"，以平常心去经历、去感受，只有"平常心"，才能不平常，即使最终平常了，那又何妨？人生真正的价值在于经历这个过程，只要在这个过程中付出了，成长了，享受了，丰富了，精彩了，就足够了！

三年的共同经历非常短暂，明天你们将"狠心"把我抛下，离开美丽的校园，走上新的岗位，感受新的经历。我也不得不"送战友，踏征程"。你们前面要走的路，虽然没有"西出阳关无故人"那种担忧，但肯定不会一帆风顺。这是因为，你们即将进入的世界正经历着一场新的科技革命，中国也顺应潮流走上了创新驱动的发展新阶段。因此，你们是否能够融入这个世界，以及是否能够被这个世界推上潮头，就看你们是否具备适应和改造这个世界的能力。

人的能力，按成长阶段可以分为三种：一是记忆力，这在上学期间很重要；二是创造力，这在走上工作岗位后很重要；三是领导力，这在走上领导岗位后很重要。因此，你们在走上新的工作岗位后，必须尽快完成从记忆力向创造力的能力转型。要么转型，要么淘汰！

如何具备创造力，我认为应该做到以下三点：

1. 要有激情。所谓激情，就是发自内心的一种冲动。禅师六祖慧能说：“不是风动，也不是幡动，而是心动”。这包含三个层次：一是心为什么会动，就是因为心里充满激情。乔布斯 30 岁时被赶出自己创办的苹果公司，但他并未因此熄灭创业激情，创办了 NeXT 电脑公司。他说：成功的沉重感被再度从零开始的轻松感取代了，它让我进入人生中最有创造力的一个阶段。二是何为心动，就是你心里认为这事是对的，应该做的，值得做的，值得付出的。三是心动还要行动，就是要 Just do it!

2. 要有感情。所谓感情，就是发自内心的一种爱。激情是一种冲动，而感情可以将激情持久，是激情的升华。在我们的文化中，一旦动了感情，就会有“情人眼里出西施”的完美，就会有“士为知己者死”的气概，那种创造的激情就会无限迸发出来。马云说：他心目中最好的大学是杭州师范大学，因为杭师大给了他学习的能力，获取知识的能力，这就是对母校的感情。有了这种感情，不成功都难。

3. 要有痴情。所谓痴情，就是不图任何回报地用心去爱，是感情的进一步升华。一个人一旦达到痴情的程度，他就会为所爱无私地贡献一切，甚至牺牲自己的生命。同样，一个人一旦痴情于他所从事的事业，就会成为创造力不断涌现的不竭源泉。所以，成功者大都是“偏执狂”。

最后，请允许我引用狄更斯《双城记》开卷的话作为结束："这是最好的时代，也是最坏的时代；这是智慧的年代，也是愚蠢的年代；这是信仰的时期，也是怀疑的时期；这是光明的季节，也是黑暗的季节；这是希望之春，也是绝望之冬；我们拥有一切，我们一无所有。"你们是幸运的一代，可以在这个复杂多变的时代里，有更多的机会经历，有更多的机会创造。愿你们无愧于这个时代！

谢谢大家！

你们是辽大的"小苹果"
怎么爱你们都不嫌多
——辽宁大学 2014 级本科生开学典礼致辞

（2014 年 9 月 4 日）

亲爱的 2014 级全体新生同学们：

你们好！

今天我们在这里欢聚一堂，举行隆重的开学典礼，以热烈的欢迎致辞和精彩的文艺演出，欢迎来自全国 31 个省市自治区的 5028 名新同学。我们如此隆重而热烈地欢迎你们，因为你们是辽大的"小苹果"，怎么爱你们都不嫌多！

我也为你们的眼光和智慧点赞，你们选择了辽大，相信你们将来一定会为此生成为辽大人而倍感骄傲！我出去开会或访问，常常听到你们的师哥师姐们很自豪的说：校长，我是辽大的！那时我心里真是美翻了。

我更感谢你们对辽大的选择，是你们使我们学校在省内的招生分数再创新高，甚至我们亚奥商学院的二本招生分数线都达到和超过了一本分数线，真是"碉堡"了！所以，也向你们并请你们向你们的父母和家人转达我对他们的衷心感谢！

看着你们年轻活力的笑脸和充满智慧的眼神，我对你们满怀期望，相信你们必定会对学校的未来发展注入新的正能量。1994 年是中国互联网的元年,经过 20 年的发展,互联网已经和将更加残酷地颠覆着世界秩序,开启一个全新的时代。马云、马化腾、李彦宏三位来自互联网的大佬雄踞今年财富榜的前三甲；B2C，O2O 等电商模式迅速崛起将传统商业打入冰雪世界。而你们是自小将互联网玩弄于股掌中的新一代，与我们这些人需要学习、适应互联网不同，与互联网共同成长起来的你们血液中本身就具有互联网基因，具备互联网思维，因此也一定能够玩转这个全新的互联网时代。从这个意义上说，我们这些大叔该给你们让路了。

你们是幸运的一代，更是面临大机遇的一代。

我想告诉你们，通过辽大四年的学习，你们将成为更有实力的"玩家"，成为中国好青年，因为辽大是一个育人的神圣殿堂，你们的师哥师姐们，无论从学、从商，还是从政，都从这里开始成长为中国的杰出人物，如北京大学校长王恩哥院士，去年的中国首富全国著名企业家王健林，全国政协副主席王文元教授，还有"全国道德模范""中国大学生自强之星""教育部创业大赛冠军"，等等荣誉。据 2014 中国造富大学排行榜显示，我校排名第 31 位；2014 中国大学杰出政要校友排行榜，我校排名第 34 位；2014 中国大学杰出校友排行榜，我校排名第 40 位。在全国1000 多所全日制本科高校中，我们辽大绝对属于高大上。

我相信，你们中间未来一定会涌现出一批杰出的科学家、政治家和企业家。今天在这里就算是为你们"祈愿"了，黄大叔为你们祈愿，一定是很灵验的。古人云：信则有，信则灵。

你们的大学生活已经开始，但这对你们来说，是一个全新的世界、全新的生活。如何度过、度好大学时光，就需要你们了解何为"大学"。

原清华大学校长梅贻琦先生曾经说过："所谓大学者，非有大楼之谓也，有大师之谓也。"但无论大师，还是大楼，都是用来培养人的，所以大学的本质是育人。育什么样的人，即何为"人"？一撇一捺，表明"人"之所以成为"人"，需要具备两个要素：一是精神；二是物质。

"人"首先是物质的，要有强壮的身体，健康的心灵。所以，同学们在校四年，一定要锻炼好身体，坚持出早操，上好体育课，爱上一项运动，做到每天出出汗、排排毒、洗洗肺。全国著名英语教学与管理专家新东方集团董事长俞敏洪就曾因在大学时学习成绩追不上他的同学们而对他的同学们说：这辈子如果我追不上你们，我就会保持心情愉快身体健康，到了80岁后把你们一个个送走了我再走。这也是一种胜利。

　　但是，"人"要成为"人"，还必须要有一点精神，这是做人的根本。正所谓先做人、后做事，或边做人、边做事。只要精神不倒，人就永远不会倒，或曰不朽。精神有四：一是明德，就是要常怀大爱之心，常怀感恩之心，常怀包容之心；二是精学，就是要读万卷书，行万里路，经万件事，处万般人；三是笃行，就是战略决定一切，执行决定一切，细节决定一切；四是致强，就是大有大强，小有小强，弱可变强。所以，同学们，我常说一句话，就是牢记和践行辽大校训的人，必定会有好的前程。

　　我们不是生活在孤岛上，所以"人"又是社会的，因而要在群体和团队中找到自己的位置。梅贻琦说：文明人类的生活不外两大方面，曰己，曰群，或曰个人，曰社会。教育的最大目的，不外使每个人在团队中各得其安，且能相位相育，相方相苞；这是地无中外、时无古今的一般规律。"一人为人，二人为从，三人为众。一个"众"字揭示了团队的全部要义：一人在上，要有领导力；一人在前，要有引导力；一人在后，要有服从力。每个人都有自己的位置和与之相匹配的能力，因为只有不同的能力才能形成一个合力，具有不同能力的人才能组成团队，正如孔子所言：君子和而不同。所以，同学们在四年的学习中，要练就自己的必杀技，唯有如此才有实力。要么第一，要么唯一。唐代大文豪韩愈说过："业精于勤，荒于嬉；行成于思，毁于随"。所以，同学们不能人云亦云，随波逐流，要坚守自己的特色，把其发挥到极致。

　　《环球时报》2014 年 8 月 29 日发表了一篇"网络化 90 后带来鲶鱼效应"的文章，该文提出了"与 60 后遵从权威，70 后怀疑权威，80 后挑战权威不同，90 后正在解构权威。他们认为没有人可以主宰自己的生活，别人只能给予建议而不能帮他们决定。"我赞成这一看法。所以，以上所言，不是居高临下的说教，更没有决定，而是作为一位大叔，以过来人的身份给你们一点建议。你们的人生之道，是你们自己悟出来的。所谓"道"，就是用脑袋想出来的路；所谓"悟"，就是用自己的心去想。"悟道"正迎合了你们 90 后的价值观。

　　最后，衷心希望你们在拥有独立、自由、平等的大学精神家园里有所听，有所悟，有所行，让世界因有你每天更新鲜，阳光更灿烂。

　　谢谢大家！

认识时代 适应时代 引领时代

——中央民族大学 2015 届毕业典礼致辞

（2015 年 6 月 24 日）

亲爱的同学们、老师们、家长们、校友们：

你们好！

今天，我们欢聚在学校礼堂，隆重举行 2015 届毕业典礼暨学位授予仪式。刚才学生代表、教师代表和校友代表做了很好的发言，表达了对母校、对老师、对同学的那份浓浓的感情，特别是表达对民大八年的眷恋，对中国文化的热爱、对中国的热爱，校友代表对责任担当的注解，都令我感动。现在，请允许我代表鄂书记和学校全体教职员工向今年获得博士学位的 186 名同学、获得硕士学位的 1262 名同学和获得学士学位的 2652 名同学表示热烈的祝贺，特别向优秀毕业生获得者、优秀学位论文获得者、到西部到基层就业的毕业生表示祝贺。同时，也向在你们成长过程中倾注心血、付出关怀和给予指导的各位师生、员工和学生家长们致以衷心的感谢！

我刚刚到民大两个月零四天，你们是我来民大后送出的第一届毕业生，有点遗憾的是，我还没有来得及抽出更多的时间与"颜值爆表"的你们"约起来"，没来得及和你们聊聊天了解你们的所思所想，没来得及给你们装上空调，却要和你们挥手告别，真是非常不舍，但却不敢也不能把你们留下来，因为世界那么大，你们应该去看看。不过还是应该感谢上苍，给了我们两个月的交集。这短短的两个月，却使我们有了一生的缘分，不管你喜欢还是不喜欢，我的签名都会印在你的毕业证和学位证上，永远伴随着你，但愿这能像萌哒哒的大白，给你带来温暖、支持和正能量。

在这个毕业季，我有幸在这个古色古香的礼堂欣赏了你们自编自演的《再见，民大》，这是我所见到的全国高校中才艺水平最高、思想境界超群的精彩演出，她浓缩了你们在民大成长的酸甜苦辣，表达了你们对民大的深深眷恋，体现了你们对民大师生员工的友爱之心，展现了你们对未来的美好憧憬。许多场景都让我热泪盈眶，感动不已。你们在民大学习期间的优异表现，证明了你们是"玩得酷、靠得住"的新一代。

明天你们中的许多人将离开民大，拥有了一个新的名字——"民大校友"。这是一个让我倍感温暖和骄傲的称呼。那是在我还没来民大之前，学校让我递交一份简历，我到一家宾馆的商务中心去打印，只因我要打印的文件名写的是"黄泰岩（民大）"，那位主管就说不收我的费，我问为什么，他回答的很简单："我是民大校友！"同学们，看看我们的民大校友，对民大如此认同，如此热爱，如此钟情，我也是醉了！今后如有机会再见到你们的时候，我最想听到的还是这句话："我是民大校友！"这就是民大毕业生的自信、骄傲和荣耀！

同学们，在你们即将离校的时候，我想赠你们一句话，这就是：认识这个时代，适应这个时代，引领这个时代。

这是一个成就梦想的时代。在未来的 10~20 年内，中国的经济总量毫无悬念将超越美国成为世界第一；中国的人均 GDP 将跨越高收入经济体的门槛；中国将基本实现工业化、城市化、现代化；前不久北京出现的"高颜值"蓝天将成为那时的新常态。这个美好的前景表明：这是一个充满机遇的时代，这是一个大有作为的时代，这是一个造梦圆梦的时代。你们身处这样一个伟大的时代，想不成功都难！为此，就需要你们：一是要大胆融入主流，奋斗、流汗，甚至不怕流泪；二是要找准时代"痛点"，在解决"痛点"中成就卓越，完善自我；三是顺势而为、借势而为、有所为有所不为。

这是一个"大众创业，万众创新"的时代。创新是一个民族的灵魂，是超越美国实现大国崛起的"必杀技"。为此，就需要你们：一是要形成创新的思维方式。著名企业家稻盛和夫认为，成就 = 思维方式 × 热情 × 能力。热情和能力的数值均为 0~100，而思维方式的数值为 -100~100。这意味着：思维方式错了，热情越高，能力越强，离成就越远。形成正确的思维方式，就需要做到《孙子兵法》中所说的"四知"：知己、知彼、知天、知地。正所谓"谋事在人，成事在天"。二是要培养创新能力。一个人成长在不同阶段依次需要具备三种不同的能力：在读书阶段主要靠记忆力；进入工作阶段后主要靠创造力；走上领导岗位后主要靠领导力。你们从校园走向社会，将面临人生能力阶段的大转换，谁能玩出"速度与激情"，谁就能成为这个创新时代的"霸王龙"。三是要整合创新资源。一个人的创新与创业，不在乎你自己拥有多少资源，而在乎你能整合多少资源，你能利用多少资源。整合和利用资源就需要共赢合作。在今天，自拍、自拍杆的盛行，意味着"独乐乐"的膨胀和"众乐乐"的缺失。你必须能够超越膨胀了的自我，以包容之心、宽容之心、大爱之心与他人合作，只有这样，才能打造出一支协同创新的"超能陆战队"。

这是一个需要担当的时代。担当是这个浮躁社会的稀有品质，是你有所成就的必要素质。所谓担当，一是责任。从国家层面来看，实现"中国梦"是这个时代赋予你们这一代年轻人艰巨的历史使命，这就注定了你们必须要有所担当，大时代需要大担当。从个人的层面来看，修身齐家是治国平天下的前提。大学培养"人才"，就是既要培养"人"，还要培养"才"，即德才兼备。今天社会的用人理念是：有德有才重用，有德无才培养，无德有才不用。二是专注。所谓"注"，就是一个人只有拿定主意而不被其他所诱惑，才会"三生万物"而走向成功，就是要有一生干好一件事情的执着，在执着中耐心等待成功的到来，在人生的旅途中，有多少人输给了这个"等"字。三是不怕犯错误。乔布斯说：从来没有哪个成功的人没有失败过或者犯过错误，从不犯错误意味着从来没有真正活过。所以，敢于担当的人，不在于不犯错误，而在于犯了错误之后能迅速发现错误，及时改正错误，并且在经历一连串的错误打击后还能保持高昂的激情和奋进的勇气。

相信你们这些民大的优秀学子们，一定会抓住这个千载难逢的历史机遇，做出无愧于这个时代的成就，引领这个时代进步、繁荣。母校将以你们为荣！

谢谢大家！

愿你像山毛竹　厚积薄发

——中央民族大学 2015 级新生开学典礼致辞

（2015 年 9 月 11 日）

亲爱的新生同学们、家长们、老师们：

你们好！

今天，我们欢聚在这里，隆重举行 2015 级新生开学典礼。我受鄂书记的委托，代表学校党政领导班子，以及全校各族师生员工向来自祖国各地 51 个民族的学生，以及留学生共 5000 多名新同学表示热烈的欢迎。过几天，你们的老师和师兄师姐们还将用精彩的迎新晚会《家园》再次欢迎你们的到来，让你们感受一下邓超所说的"We Are 伐木累（ Family ）"。

同学们，感谢你们选择了民大！感谢你们的父母把你们送到了民大。在迎新的现场和你们的宿舍里，看到你们幸福的笑脸和你们父母满意的表情，我再一次醉了。你们的选择，使民大不仅又增添了一届聪明、活泼、可爱的"小鲜肉"，而且还使民大今年的招生分数再创历史新高，真有点"大圣归来"的霸气。民大为拥有你们倍感荣幸和骄傲。重要的事情说三遍：我们骄傲，骄傲，骄傲！

同学们，你们选择民大是明智的。我在民大《招生简章》的校长寄语中曾写道："选大学，最重要的是选一所适合您的大学。所谓适合，绝不仅仅是分数段的适合，更重要的是这所大学的精神风貌、专业水准、办学特色、文化氛围是否让您钟情。"今天，你们进入民大校园，眼见为实，可以逐步感受和验证民大的特色和实力：毛泽东、刘少奇、周恩来、朱德等老一辈党和国家领导人先后 14 次，邓小平先后 3 次，江泽民、胡锦涛、习近平以及朱镕基、俞正声等党和国家领导人先后亲切接见民大师生，凸显了民大的特殊地位；在"985"高校中，民大是唯一的民族高校，成为国家建设一流大学的鲜明特色；在民族高校中，民大是唯一的"211"和"985"高校，是国家民族教育的战略高地；民大的师生不仅可以感受潘光旦、吴文藻、费孝通等一批学术大师的智慧，聆听戴庆厦、王尧、张公瑾、牟钟鉴、胡振华等一批名家的教诲，而且还可以欣赏 56 个民族各具特色的优秀灿烂文化，享受"各美其美、美人之美、美美与共、天下大同"多元一体文化的熏陶；民大的学生有机会参加北京奥运会、新中国 60 年大庆方队、上海世博会、中国共产党成立 90 周年大会、国际园博会、亚太经合组织峰会等许多国际国内大型活动；民大的学生获得了全国大学生以及国际许多竞赛的特等奖、一等奖和冠军。在今年的新生中，有一名同学被同时推免到民大和全国排名更靠前的一流大学，但他选择了民大，放弃那所排名更好的大学，我的内心被震撼了，真有点像《三体》科幻小说中所说的那样，我不选你，和你无关。

明天，你们将开始本科或研究生的学习和生活，在未来的几年中，你们将如何度过？需要你们做出思考，更需要你们付诸行动。阿里巴巴集团董事局主席马云说过：今天的你，是你 10 年前思考和行动的结果；今天你想什么，坚持什么，放弃什么，将铸就 10 年后的你。你们中许多人来自南方，应该见过山上的毛竹。据说毛竹在最初的 4 年中，仅仅长 3 公分，但从第 5 年开始，它却每天以 30 公分的速度生长，仅用 6 周就可以长到 15 米的高度。这是因为，在最初的 4 年中，毛竹把根在土壤里延伸了数百平米，集聚了能量，才能够厚积薄发！

同学们，在民大未来几年的学习和生活中，你们能否像毛竹那样深扎根、广聚能、成学业，实现"你给民大4年，民大给你一生"的美好愿景？今天，在你们刚刚进入校园的关键时刻，为了帮助你们去思考、去行动，我想给你们以下几点建议。

　　第一，掌控时间。人生最宝贵的是时间，特别是在当下这个充满诱惑的世界里，稍不留神，时间就会悄悄溜掉，从而许多人会发出"时间都去哪儿了"的感叹。你们来到大学，没有父母在身边的约束，最容易丢的就是时间。一个年龄段有一个年龄段的任务，在你们这个年龄段，一些事情错过了，就可能错过了人生，错过了精彩。所以，你们首先要学会的本领就是掌控时间。建议你们最好每天记录一下你们用于学习的时间是多少？有的老师要求学生每周至少学习50小时，那就是每周要学习6天，每天8小时以上，你们能做到吗？你们要成为"男神"、"女神"和"学霸"，你们就要和别人拼时间、拼效率，那种奢望不付出99%的努力而靠1%的灵感取得成就和进步的想法，只能是"白日做梦"。时间从哪里来？唯一的办法只能靠挤，靠放弃一些无关的事情，甚至有的时候要"忍痛割爱"。对此，乔布斯说：你们的时间很有限，不要将它们浪费在过其他人的生活上。

　　第二，快乐学习。只有学习成为一种快乐，你才能真想学、真要学、主动学、乐而不疲地学。"头悬梁、锥刺股"不是有效的学习方式，因为太痛苦，没效率，学不好。学习能够成为快乐的关键，在于你心中要有爱。爱祖国、爱父母、爱学习。因为爱着，你就会激情四射，活力无限；你就会童心永驻，天天"六一"；你就会潜心学习，争当"学霸"，要么第一，要么唯一；你就会任劳任怨，无怨无悔，即使十分耕耘，三分收获，也在所不惜。一个人的潜力是巨大的，爱是释放你所有潜力的总开关。所以，同学们，你们可以不够聪明，但你们必须知道爱在什么地方。爱可以搜索，但在这个羊毛可以出在牛身上的复杂社会里，你们需要系统地学；爱可以培养，但在这个浮躁的社会里，你们需要静下心来认认真真地学；爱可以等待，但在这个急功近利的社会里，你们需要傻傻地学。阿甘的成功，靠的不是他的聪明，而是他的那股傻劲。

第三，拥有自信。自信是一种信念，就是对自己的肯定，相信"我能行"，只有自己相信自己，别人才能相信你，才能把你的潜能发挥到极致；自信是一种态度，就是敢于负责，敢于担当，老老实实做人，认认真真做事；自信是一种行动，行动才有成就，成就强化自信，行动要从大处着眼，小处着手，做小事，成大器。所以，TFBOYS 唱到："这世界的太阳，因为自信才能把我照亮。"

第四，永不放弃。在学习中遇到挫折和困难的时候，甚至绝望的时候，你们要拥有不畏惧失败的信心和决心，咬紧牙关坚持下去，即使屡战屡败，还能勇敢地去屡败屡战，在坚守中获取成功的机会。俞敏洪就自认为自己曾经是一个"失败者"，因为考了三年，才上大学；在大学期间没有被一个女孩爱过；在大学教了 7 年书，没有什么成就。但他靠不畏惧失败的决心和坚持，成就了新东方的传奇。

同学们，你们走进了大学，就意味着你们已经长大了，成人了，独立了，"爸爸去哪儿了"对你们已经不那么重要了，虽然老师还在你们身边，但"师傅领进门，修行还需靠个人"，因为"道可道，非常道"。你们的"道"，最终还要靠你们自己去学、去修、去悟。相信你们，靠你们的智商、情商、逆商，一定会走出一条通往你们心中"罗马"的金光大道。

祝福你们！

自信自强自觉　才有诗和远方
——呼市二中 2016 届毕业典礼发言

（2016 年 5 月 28 日）

尊敬的各位领导、各位母校的老师、师弟师妹们：

大家好！

今天我有幸受邀参加母校隆重的毕业典礼，与母校优秀的学子们共度毕业时光，为你们把酒送行，祝福未来。正如 TFBOY 在"大梦想家"中所唱的："带着光，跟我飞翔，感受风的速度在耳边，呼啸远方。"

我已经到了回忆历史的年龄，而你们刚刚开启未来。郭校长今天让历史和未来在这里握手，我想是希望让历史感召未来、滋润未来。你们是鲜花，我们就是泥巴。

我离开母校已经 41 年，但我待母校一直如初恋，不仅仅是感觉、感情，更是那再也回不去的青葱岁月。所以，一次一次我想穿梭旧时光，打开我对母校的珍藏。

我在母校读书时，母校还比较穷、比较破，但母校却倾其所有、尽其所能，为我们创造德智体美全面发展的良好条件。给我们上课的老师个个都是最棒的，他们的音容笑貌至今历历在目；他们不辞辛劳、不厌其烦、不图回报给予我们的爱至今仍然滋润着我们的心田；他们教知识、教做人、教做事至今仍让我们受益无穷。没有母校，就没有我们的今天。此时此刻,请允许我代表广大校友道一声:感谢母校! 我爱母校!

在我人生选择的十字路口上,母校给了我力量和勇气。1977 年恢复高考,点燃了我们这代人的大学梦,但这对仅完成初中学业、还当了四年坦克兵的我,高考之难难以想象。在这关键时刻,我的班主任辛凤珍老师、阿明布和老师一句"你行、你能考上"的鼓励,不管当时这句话是真是假,但却让我斗胆义无反顾地决定脱下军装参加高考。

在我人生最需要帮助的时候,母校伸出了贵人之手。1979 年 2 月我从部队复员回来,母校不嫌不弃,让我插入高中班备战高考。短短 5 个月时间,在母校老师的精心恶补下,我的学习成绩从全班最差跃升为全班第一,幸运地考入中国人民大学经济学系。新的人生从这里起航。

同学们,我们把二中尊称为母校,就是因为二中像母亲那样给了我们不一样的生命、不一样的人生和不一样的梦想。所以,我们不论走到哪里,不论在什么岗位,不论是什么年龄,都会以母校为荣! 都会因是二中人倍感骄傲。

同学们,在你们即将离开母校之际,我想送给你们六个字,这就是:自信、自强、自觉。

因为我们是二中人,所以我们必须自信。在北大,在清华,在人大,在中央民大,都有二中人的身影。2014 年初我在美国密歇根大学做访问学者时,还有学生跟我自豪的说:我是呼市二中的。如果这还不能让你自信,你们就想想我,一个当年二中的初中毕业生还能考上中国人民大学,还能当"985"大学的校长,你还有什么做不到的?

因为我们是二中人,所以我们必须自强。祖国的强大,需要每个人自强。二中人应该个个都是好样的,但好样的是干出来的、拼出来的、坚守出来的。其实,只要你干了、拼了、坚守了,即使没有达到理想,至少你还有回忆珍藏。

因为我们是二中人，所以我们必须自觉。只有自觉，才会自强，才能自信。养成自觉的习惯，你既不会有今天的苟且，还会有明天的诗和远方。

　　同学们，还有几天，你们就要踏入高考的战场，我预祝你们高考超水平发挥，争创佳绩。我在北京城的大学等着你们！

　　谢谢大家！

敢于创新创业　奏出你们的"欢乐颂"
——中央民族大学 2016 届毕业典礼致辞
（2016 年 6 月 22 日）

　　亲爱的同学们、老师们、家长们、校友们：

　　你们好！

　　今天，我们欢聚在这里，共同见证中央民族大学 2016 届毕业生们的美好时刻。首先请允许我代表鄂书记和学校全体师生员工，以及广大校友，向获得博士学位或硕士学位或学士学位的 4262 名同学表示热烈的祝贺，向优秀毕业生获得者、优秀学位论文获得者、到西部到基层就业的毕业生表示深深的敬意。你们是非常幸运的一届毕业生，因为从今年开始，体现民大精神、民大风格、民大气派的自主设计的"民大版"学位证书，将永远陪伴着你们、保佑着你们。

　　几年的民大生活，你们成长了很多，正如刚才几位学生代表发言所表达的那样，小小的校园有你们满满的青春记忆，短短的几年有你们太多太多的"忘不了"。也如你们写给民大的情话中所说，"深深留恋这里的一草一木，一碑一塔"，因为民大是你们"最美的记忆"。你们的努力，也使学校收获颇丰。借此机会，我代表学校感谢你们在学习科研、团学组织、志愿服务、支教支边，以及各类挑战、竞赛、比赛等活动中为民大争得的荣誉和荣耀。同时，也向在你们成长过程中付出心血和汗水的老师们、员工们、家长们、校友们致以衷心的感谢！

几年的民大生活，把你们和学校紧紧地联系在一起、融合在一起，成为难分彼此的一家人。学校是家，就要充满浓浓的爱意；学校是港湾，就要为你们遮风避雨。去年，我非常遗憾没来得及与你们"颜值爆表"的师哥师姐们"约起来"，但他们在微信中对我说："师弟师妹们排着队等你约呢。"我不敢爽约，先后4次以不同主题与你们"面对面"，倾听你们的呼声，了解你们的诉求。

学校顺应你们的期盼，做了一些应该为你们做的事，有的可能做得还不够多、还不够好。但让我意想不到的是，你们却以对民大无限的爱恋、眷恋和依恋，给予学校以真诚的褒奖和无价回报。在许多场合，你们那不自觉对民大的情感表达和认同，特别是读到你们在5·20那天写给民大的"情话说给民大听"和"送给母校的三行情书"，给了我心灵深深的震撼。这就是我们独有的"美美与共民大情"。我深信，即使你们走出校园，你们与民大"友谊的小船"永远也不会翻。

明天你们就将离开民大，奔赴新的工作学习岗位。我想你们一定会带上民大的情，带上民大的爱，除此之外，我还希望你们能带上民大的精神和文化，这就是翦伯赞、潘光旦、吴文藻、费孝通等一批我校大师们留下的精神和文化遗产。学校推出"大师还在身边"永久展的目的，就是希望在大师们的精神感召、思想引领、学术滋润和人格影响下，能不断涌现出与他们比肩、令学校为傲的一个个杰出人物，成为国家、民族和学校的榜样。我确信，根据你们在校期间的表现和潜力，"他"或"她"就在你们中间。

　　同学们，你们明天不管选择继续深造还是进入职场，不管是留在首都还是回乡效力，不管是在大城市还是在中小城市或乡镇农村，你们都需要牢牢树立"创新创业"的理念。创新创业应该是你们这代人的责任、符号和行动，在民大学生中间，已经涌现出了"左一煎饼"等若干值得称颂和学习的创新创业典型。刚才校友代表以亲身经历为背景总结提炼了创新创业所应具备的"敢想、敢做、敢当"的基本素质和要求，为你们创新创业指出了方向和路径。我坚信，在创新创业的大潮中，你们不仅没有今天的苟且，还有诗和远方。

　　为了你们创新创业能够顺利、成功，我想给你们如下建议：随内心，破常规，走对路。

　　随内心，就是追随你内心的爱。一是只有深深爱着，才会不懈追求，才会不舍不弃；二是只有深深爱着，才会幸福在创新创业的战场上，才会任劳任怨，无怨无悔；三是只有深深爱着，才会上心用心，才会干出属于自己的人生。不从众，是所有白手起家成功人士的共同习惯。所以，是狼就练好牙，是羊就练好腿。

　　破常规，就是打破常规思维，开放你的大脑。开放的大脑，是你创新创业最需要的宝贵财富。开放你的大脑，就需要：一是用开放的思维悟道。有道才有理，有道才有路，有道才有德。二是用开放的思维谋事。我不敢说你想到了都能做到，但想不到，肯定做不到。要像《魔兽》中兽人那样，为了部落的生存敢于跳出自己生存的星球。三是用开放的思维做事。这是一个技术颠覆的时代，人机围棋大战，人输了；无人汽车、无人飞机的兴起，人没了；现代农业的发展，土没了。所以，在即将进入的智能社会，大脑一旦封闭，思维一旦落后，"你就没了"。

　　走对路，就是走出一条适合你的路。一是只有知己、知彼、知天、知地，才能走对路。二是只有顺天时，借地利，讲人和，才能成为路上的领跑者。三是走对了路，也别忘了身边的树。因为走累了，可以靠靠树。这就要有共享的理念、分享的胸怀和境界。四是走对了路，难得的是坚守。伊隆·马斯克说：如果有些事对你来说非常重要，即使所有人都反对你，你也应该坚持下去。坚持非常重要，永远不要放弃，除非迫不得已。所以，认准了，就要一条道走到亮。五是走对了路，需要的是耐心。只要站在风口，总有飞起来的那一天，就看你是否有耐心、hold 住。现实中可悲的是，许多人等不到飞起的那一天。所以，华为任正非说：经九死一生还能好好地活着，这才是真正的成功。

同学们，今天虽然你们毕业了，但创新创业才刚刚开始或正在路上。我相信，谨记和践行"美美与共，知行合一"民大校训、具有"生命不息，战斗不止"精神的你们，依靠你们的底气、才气，甚至霸气，一定会在新的工作学习岗位上奏出属于你们的"欢乐颂"。

同学们，此时此刻，此情此景，我想借用一首歌词的大意结束今天的祝福和送行。

今夕何夕，青草离离；大礼堂，送君千里；等来年，秋风起……

谢谢大家！

读万卷书行万里路
你们未来一定"很倾城"
——中央民族大学 2016 级新生开学典礼致辞

（2016 年 9 月 9 日）

亲爱的新生同学们、家长们、老师们：

大家好！

今天，我们怀着无比喜悦的心情，在这里为来自祖国各地 50 个民族与来自 43 个国家和地区的 2016 级新生举行隆重的开学典礼。我受鄂书记的委托，代表学校党政领导班子和全校各族师生员工，向你们表示热烈的欢迎和衷心的祝福！感谢你们牵手民大，成为"民大人"，从此我们在一起，"一辈子，一生情！"

同学们，我们民大，先后受到毛泽东、邓小平、江泽民、胡锦涛、习近平等几代党和国家领导人的亲切关怀，是我国民族高等教育的圣地；拥有翦伯赞、潘光旦、吴文藻、费孝通等一批大师，还有戴庆厦、张公瑾、牟钟鉴、胡振华、杨圣敏、金炳镐等为代表的一支治学严谨、敬业爱生的教师队伍，是各民族学生健康成长的福地；我国 56 个民族兄弟相聚在这里，各美其美、美美与共，是"中华民族一家亲，同心共筑中国梦"的高地；各民族灿烂文化在这里汇聚、交流、交融，是增强中华民族文化自信的阵地。今天，我代表学校向你们承诺：我们定将不忘初心，继续努力为你们的学习和生活创造更好、更高、更美的环境和条件，不辜负你们对民大的期盼。

在我们民大这个大家庭里，有一批学习能力超强，甚至在大一和大二时就发表多篇 SCI 论文的"学霸"和"学神"；有一批顺应国家"大众创业、万众创新"大潮，成为成功创业的明星；有一批在全国大学生各类竞赛和大赛中力压群雄、夺冠摘金的英雄；更有一大批在教室、实验室、田野、社团、志愿者岗位上认认真真、默默无闻地学习着、锻炼着、成长着、奉献着的优秀学子。从今天开始，你们将与他们共同学习，共同生活。我相信，有他们的"微微一笑"，你们未来一定也会"很倾城"！

同学们，未来 10 年，你们将亲身经历和参与人类社会的两大变革：一是信息技术革命将会颠覆既有的生产方式、生活方式和生存方式；二是中国的崛起将彻底改变中国的命运、世界的格局和国际的秩序。你们注定是幸运的一代，"傲娇"的一代，肩负责任的一代。在这个充满机遇与挑战、创新与风险的大变革时代，你们的青春将何处安放？如何绽放？我想与大家一起分享我读大学时的座右铭。

第一，读万卷书。一是读书可以增长知识。读书是学生的本分，更是责任，也是底线。读书，不仅要读教科书，更要读课外书；不仅要读专业的书，更要博览群书；不仅要读碎片化的书，更要读系统化的书。二是读书可以发现兴趣。兴趣是成功最好的老师，是求知欲望的基础。大学，有浩瀚的书海、众多的学科专业，还有解惑布道的老师，你可以徜徉在神圣的殿堂里，发现兴趣，锁定爱好，乐在其中。三是读书可以淬炼性格。性格决定命运。好的性格来自于好读书、读好书。培根说：读史使人明智，读诗使人灵秀，数学使人周密，科学使人深刻，伦理学使人庄重，逻辑修辞使人善辩，凡有所学，皆成性格。俞敏洪在大学时一年要读200多本书，开阔了视野，激荡了思想，更新了观念，修炼了胸怀，创造了不可复制的俞敏洪传奇。如果你做不到像俞敏洪那样读那么多的书，也没关系，你可以先给自己定一个"小目标"，比如一个月一本书。有了"小目标"，就有了行动的方向、前行的动力。"小目标"虽小，但可以使你逐步养成读书的习惯。习惯成自然，自然成就大理想。

第二，行万里路。一是行路可以增长见识。行路就是深入社会、了解社会、认识社会，开拓视野。世界那么大，你们应该去看看。二是行路可以检验知识。行路就是深入实践，用实践检验知识、更新知识，创新知识。纸上得来终觉浅，绝知此事要躬行。三是行路可以学以致用。知识要改变命运，关键要把知识转化成解释世界、改造世界的能力。当你具备了明道、善辩、笃行的思维和实践能力，改变命运，根本无需"洪荒之力"！

第三，处万般人。一是与人思想交流可以"正三观"。孔子说：要与正直的人交朋友、与诚实的人交朋友、与见多识广的人交朋友。因为近朱者赤，近墨者黑。你与什么样的人在一起，你就有什么样的人生。交对朋友很重要。二是与人知识交流可以增长智慧。既要与成功者交流，学习他们的成功经验，也要与失败者交流，总结他们的失败教训；既要与智者交流，学习和领略他们的智慧，也要与勇者交流，学习和体会他们的气魄和胆量。三是与人情感交流可以优化情商、提升逆商。一个人的成长，不仅仅取决于他的智商，更重要的还取决于他的情商和逆商。我国明代思想家吕新吾说："深沉厚重是第一等资质，磊落豪雄是第二等资质，聪明才辩是第三等资质。"与智者同行，与高人为伍，秒变迷弟迷妹。

第四，经万件事。一是经事可以成"老司机"。做事就是经历，经历就是财富。一个人做的事情越多，积累的经验就越多，就越有底气和自信。二是经事可以成长。做事就有得失，得失都是成长。失败是成功之母；在一定条件下，成功又是失败之母。华为任正非说："经九死一生还能好好地活着，这才是真正的成功。"在刚刚结束的里约奥运会上，中国女排的华丽逆袭就是榜样。三是经事可以厚积薄发。多做小事，必成大器。不积跬步，无以至千里；不积小流，无以成江海。做事，要有兔子的速度，乌龟的耐心。

最后，请允许我用一首歌的歌词大意开启你们新的民大校园生活。

风轻扬，夏未央，林荫路，单车响，教室里，书声朗。

同学们，尽情享受你们的民大校园生活吧！

谢谢大家！

佑你"三生三世" 觅得"十里桃园"

——中央民族大学 2017 届毕业典礼致辞

（2017 年 6 月 22 日）

亲爱的毕业生同学们、老师们、家长们和校友们：

你们好！

今天，我们欢聚在这里，以全体民大人的名义，代表京泽书记，共同祝福 4000 多名同学以优异的成绩光荣毕业，祝贺你们获得至亲至爱的"民大版"学位证书；感谢"风里雨里"用爱心陪伴你们学习的老师们员工们，感恩时时牵挂你们健康成长的父母亲朋们。

就在前两天，我和毕业生代表们面对面交流，他们的发言让我十分感动，也让我体会到了作为一名民大人的荣耀和建设好民大的责任。未来，不论他们是去北大、清华、人大或国外一流大学读研深造，还是去工作创业、服务家乡、扎根边疆，他们，都前程似锦，充满阳光，他们，都不约而同地流露出对母校那深深的热爱、眷恋和不舍。就像长不大的"妈宝"，也如你们改编的歌词所说："分别总是在六月，回忆是毕业的愁，白墙红瓦的礼堂，目送学子回首，在那座歌舞的校园里，我从未忘记你，民大，带不走的还有你。"

如此深情，就是因为，在民大这不大的校园里，浓缩了你们太多太多的情感和记忆：文华楼、理工楼、图书馆，有你们勤奋上进的永久印记；大师展、群英会、报告厅，有你们激励自我前行的永久回忆；"56 创"、社团、咖啡馆，有你们激扬自由思想的永久怀念；"三月三""那达慕""古尔邦""锅庄舞"，有你们认知多彩民族文化的永久滋养；宿舍、食堂、操场，有你们生活点点滴滴的永久花絮；花前、月下、林荫道，有你们萌生爱情的永久见证；西门外的民族餐、小吃店、冷饮摊，有你们体验美味永久难忘的"深夜食堂"。此情此景、此时此刻，要说一声"再见民大"，真的"蓝瘦，香菇"。

在你们即将毕业之际，请允许我代表学校衷心地感谢你们！因为你们的存在，不仅为国家增光，为民族添彩，而且也使民大的"金字招牌"更加熠熠生辉。民大见证了你们颜值与才华齐飞的蜕变，分享了你们在全国大学生模拟法庭竞赛、"创青春"全国大学生创业大赛、"荷花杯"民族民间舞舞蹈比赛、全国少数民族传统体育运动会等各类全国大赛中收获奖牌的喜悦，感受了你们在亚太经合组织峰会、"一带一路"国际合作高峰论坛等重大国际国内志愿服务活动中的青春风采和无私奉献。你们辛勤付出的丰硕回报，既让学校倍感骄傲，也让自己圈粉无数，成为许多人的"爱豆"。

一代人有一代人的机遇和挑战。中国已进入发展的"强国"时代，你们将亲手实现中华民族伟大复兴的中国梦，同时你们也将经受圆梦进程中的系列考验；世界已进入智能化时代，你们将亲眼看到智能化对现有常规的彻底颠覆以及对自己人生带来的各种不确定；人类已进入打造"命运共同体"时代，你们将亲自推动中国从跟随世界向主导世界的地位的转变，未来，你们也将会经受国际化的种种挑战。这是最美好的时代，也是最具挑战的时代，你们要以"达康书记"为榜样勇往直前。

明天，你们将奔向"四海八荒"，寻求你们心目中的"十里桃园"。母校不是每次都会救你，以后要靠你自己。因此，在你们临行之际，虽然我不是"摔跤爸爸"，但作为一名"老干部"，愿为你们摇旗、呐喊、擂鼓、壮行。

为了你们各个成为"出彩民大人"，我想给你们以下建议：定准位、搭好台、打硬仗。

定准位。面对新时代的大变革，虽然机遇满天飞，风口到处有，但没有哪一个必定属于你。要抢抓机遇，站到历史发展的大风口上，就必须定准位。一是找准方向。只有方向正确，才可以顺势而为、借势而为、绝不乱为；才可以埋头苦干、任劳任怨、无怨无悔；才可以强化执行、注重细节、没有借口。二是找准优势。只有将自身优势发挥到极致，才可以以己之长，攻彼之短，以弱胜强；才可以扬长避短，以长补短，以长盖短；才可以用特色求生存、求发展、谋大局。三是找准痛点。解决痛点，就可以把痛点转化为攻坚点；就可以把痛点转化为增长点，在解决痛点中成长自己、成就事业。

搭好台。路线确定之后，人才就成为决定性的因素，这就需要搭平台、带队伍。一是要有胸怀。纳天下英雄进入你的麾下，纳天下思想进入你的头脑，纳天下资源进入你的平台，心有多大，平台就有多大，事儿就能做多大。二是要选对人。这就要志同道合，马云说，在聪明人满街乱窄的年代，稀缺的不是聪明，而是一心一意，孤注一掷，一条心，一根筋；就要各有所长，取长补短，和而不同，没有最好，只有合适。三是要能共享。这就是团结协作，今天平台比位置更重要，位置再好，平台不同，等于零，正如泥泞路上的奔驰，永远跑不过高速路上的 QQ；平台相同，位置不好，没关系，正如不论你是乘坐头等舱，还是经济舱，虽然位置不同，但只要在同一架飞机上，都会同时到达同一目的地。

打硬仗。"人生就像心电图，总会上下起伏，如果一帆风顺，你就'挂了'"（俞敏洪）。面对困难和挫折，这就需要打硬仗。一是敢打敢拼，就是要打得赢，要打；打不赢，换个角度，再打，直至打赢。要有点狠劲、韧劲、偏执劲，"无热血，不少年"。二是会打会拼，就是要集中优势兵力重点突破，与其伤其十指，不如断其一指。任正非集中所有弹药，就对准一个城墙口猛攻20年，成就了今天震惊世界的伟业。三是能打能拼，就是要有打硬仗的能力，做到召之即来，来之能战，战之能胜；就是不言放弃，只有历劫，才能飞升上仙。

同学们，我听到了你们创作的"民大母亲，愿我终将不负你"的承诺，我相信你们一定会兑现承诺。愿你们历尽千帆，归来仍是少年。同时，我也向你们庄重承诺，在前行的道路上，母校将会永远守护着你们，保佑着你们，"三生三世"，不离不弃。

谢谢大家！

愿你仗剑走天涯　秀出你厉害

——中央民族大学 2018 届毕业典礼致辞

（2018 年 6 月 22 日）

亲爱的毕业生同学们、老师们、家长们、校友们：

大家上午好！

今天我们欢聚一堂隆重举行 2018 届毕业典礼暨学位授予仪式，向你们的青葱岁月告别，向你们的美好青春致敬！

首先，请允许我代表张京泽书记、全体教职员工，以及你们的师弟师妹、海内外的师兄师姐们，向顺利毕业和获得学位的你们表示热烈的祝贺，向优秀毕业生获得者、到西部到基层就业的毕业生表示深深的敬意，向为你们成长辛勤指导和默默付出的老师们、家长们表示诚挚的感谢！

同学们，几年来，你们作为民大人，以"战狼"般的精神，以难得的"速度与激情"，实施一次次的"红海行动"，取得了一个个"王者荣耀"，既无愧于自己的"芳华"，更厉害了我的民大！

我代表学校感谢你们。这不仅是要表达对你们的敬意，而且还要表达学校对你们的态度，对国家未来的态度。"青年强，则国家强"！只有培养出一流的学生，才是一流的高校。学校会永远珍藏你们的"勋章"，欢迎你们常回来看看，触摸刻在上面的青春，感受留在其中的味道。从今年开始，我们决定开设《再见，民大》校友专场，特邀校友们一起追忆青春韶华。民大永远会"为你留着一盏灯，让你心境永远不会近黄昏"。

同学们，当我观看《再见，民大》晚会时，听见你们唱着"明天我要离开，熟悉的地方和你，要分离，我眼泪就掉下去"，我也禁不住同你们一起流泪；当我与你们面对面座谈时，听到你们倾诉衷肠，我感受到了你们对中关村南大街 27 号院的深深眷恋；当我在学校微信公众号看到你们给出的"不愿离开民大的十大理由"时，我真的想把你们留下来。我多想再看看你们到文华楼上课，到理工楼做实验，到图书馆阅览，到"56创"碰撞激情，再吃一块"左一煎饼"，喝一杯"目一咖啡"。

但是，同学们，你们毕业了，学成了，你们必须仗剑走天涯。离别虽然扎心，但这是成长。与过去告别，与未来握手。相信拥有延安城川红色基因、美美与共博大胸怀、追求卓越民大精神的你们，定将担当起历史赋予的新使命。我为你们打 Call。

中国已进入新时代，一个"强起来"的黄金时代，一个经历过百年屈辱的大国崛起时代。32 年后，中国将成为富强民主文明和谐美丽的社会主义现代化强国，我羡慕你们，因为你们将亲身见证这个过程，亲眼看到中华民族的伟大复兴！在这个千载难逢的历史机遇期里，我确认过眼神，你们是朝气蓬勃的"追梦一代"，敢闯敢拼的"圆梦一代"，传承创新的"强国一代"！正如你们青年人所唱，"强国一代有我在，我要秀出我厉害，幸福人生奋斗来，我要献出我的爱"。

亲身经历强国时代的你们，如何"秀出你厉害"？我想给你们三点寄语：塑格局、有自信、善拼搏。

塑格局。新时代要开拓新境界，贯彻新理念。做人如有大格局，才会有胆识、重情义、敢担当。一是感悟新时代。只有认识新时代、顺应新时代，才能站到新时代的"风口"，扶摇直上九万里。二是融入新时代。要成为新时代的参与者、建设者、贡献者。只要参与了，就是成长；建设了，就值得骄傲；贡献了，就是英雄！"苔花如米小，也学牡丹开"。三是对标新时代。强国、高质量、现代化、中国特色是新时代的标志，要用特色争创一流，在一流中彰显特色，做到人无我有，人有我优，人优我特。"我就是我，自己的王"。四是同步新时代。按照新时代的规划，2020建成全面小康，2025成为制造强国，2030进入创新国家前列，2035基本实现现代化，等等。五年一个巨变，十五年一个阶段，你们只有以时不我待只争朝夕的精神，才能与新时代同步进阶。

有自信。新时代要跨越新关口，啃"硬骨头"。只有刻到骨子里的自信，才能挑战自我、超越自我、战胜自我，成为这个时代的"头号玩家"。一是永不言弃。起步时，选择比坚持重要；征程中，坚持比选择重要。瞄准既定目标，不放弃、不抛弃、不气馁。坚持梦想，努力把其变成现实。你今天的坚持和努力，终将让别人日后望尘莫及。二是永不言败。没有失败过，很难生出成功；没有经历过，很难感悟人生。心中有阳光，脚下有力量，即使屡战屡败，也要屡败屡战，直至胜利。任正非说，只有经历了九死一生还能活着的，那才是成功。所以"赢"必须以"亡"字开头。三是永不言退。没有退路，才能壮士断腕、背水一战；没有借口，才能执行到位、注重细节；没有懈怠，才能踏石留印、抓铁有痕；没有动摇，才能善始善终、善做善成。总之，"愿你在被打击时，记起你的珍贵；愿你在迷茫时，坚信你的珍贵。"

善拼搏。新时代要实现新目标，完成新飞跃。只有善拼搏，才能敢干、实干、巧干。一是识势。以人工智能、大数据、云计算、"互联网+"为标志的新一轮科技革命，彻底颠覆了现有的思维模式、生产方式和生活方式。敢干就是敢于创新，善于突破，引领变革。正如《孙子兵法》所言，能因敌变化而取胜者，谓之神！二是顺势。只有尊重规律、顺应大势，才会拥有未来。实干就是实事求是干，按照客观规律干。正如杰夫·贝佐斯在普林斯顿大学演讲时所说，如果你抗拒这些趋势，你可能就是在抗拒未来，只有拥抱它们，你的道路才会顺风顺水。三是借势。借势就是巧干，以人之长补己之短，或以己之长补人之短，构建协同创新的"英雄联盟"。这样，你就会像葡萄牙的C罗那样，成为神一样的存在。

同学们，你们颜值与才华齐飞，气质共涵养一色，相信你们一定会在新时代的征程中书写出精彩的人生。

最后，我想引用习近平总书记的一句话结束今天的致辞。

"人的一生只有一次青春。现在，青春是用来奋斗的；将来，青春是用来回忆的。"

同学们，听从召唤，爱你所爱，行你所行，无问西东……

谢谢大家！

愿你同阳光奔跑　争做春天的骄傲

——中央民族大学 2019 届毕业典礼致辞

（2019 年 6 月 21 日）

亲爱的毕业生同学们、老师们、家长们、校友们：

你们好！

今天，我们第一次在体育馆隆重举行盛大的毕业典礼，是让更多的毕业生们多一个"种草"民大的理由；第一次在毕业典礼上表彰"中央民族大学优秀毕业生"，是让你们再次绽放最美丽的风景；第一次特邀胡振华先生等前辈上台拨穗，是让你们在对话"大师"中传承民大血脉。这是我们最后精心为你们烹制的"民大味道"。

同学们，当时的你们是最好的你们，现在的我们是最好的我们，从相聚到再见，你们在母校留下了一段最美的青春和难忘的记忆。我到民大任校长四年来，有幸从你们的全世界路过，由于遇见你们，"我才有了这段最好的时光"。我看着你们成长，从"曾经是少年"成长为男神女神；你们陪着我慢慢变老，无论明天我在哪里，我仍然会把你们当成手心里的宝，我不是"苏大强"，"爱你们三千遍"！

请允许我借此机会代表张京泽书记、代表学校，向毕业生同学们致敬！你们迎接"极限挑战"，攻克一个个学习堡垒，跨越一道道学术难关，获得"官宣"毕业；你们成功实施"破冰行动"，在国内外一个个大赛上摘金夺银，成就"飞驰人生"；你们发挥民大优势，进行"降维打击"，斩获一个个骄人战绩。这一切的一切，都证明了我在 2015 年你们入学典礼上所说的"民大为拥有你们倍感荣幸和骄傲"；证明了你们微信中所说："中央民族大学，是时候惊艳全国了"！

向到西部、到基层就业的同学们致敬！服务民族地区，是民大办学的天职。你们学习前辈好榜样，到民族地区、到基层就业，用实际行动，践行民大精神，履行民大职责，厉行青年担当。这充分证明：民大毕业生是一批信得过、靠得住、用得上的自己人。正如一位毕业四年到西部工作的校友所说："一直不忘美美与共、知行合一校训，不后悔到西部工作"。

向辛苦的老师们致敬！你们携带延安红色基因，弘扬民大独有文化，遵循民族教育规律，任劳任怨、无怨无悔、呕心沥血，培养出了一批批优秀学子。你们应得到尊重，享有尊严，使你们能尽己所能培养出更优秀的学生，成为名师大家，在多个领域展示如《中国诗词大会》般的民大教师风采。

向家长们致敬！世界上没有一个民族，能像中华民族的父母们这样，为了孩子们的学习成长，心甘情愿，含辛茹苦，奉献一切。今天，孩子们在你们的庇佑和守望中顺利毕业，投之以桃，报之以李，我相信：民大的毕业生们一定会有"你养我长大，我陪你变老"的感恩之心。

向校友们致敬！校友是学弟学妹们的榜样和后盾，因为你们的优秀，学弟学妹们充满自信；因为你们的支持，学弟学妹们人才辈出；因为你们对母校的牵挂，学弟学妹们薪火相传、不负韶华。正如校友所说："一朝民大人，一生民大魂"。

同学们，知否，知否，已是毕业路口。此时，你们既有"向往的生活"，也有难以言喻的感伤，更有刻骨铭心的不舍。前不久，我和你们的代表们座谈，与他们一起乘哆啦 A 梦的时光机重温你们的民大时光，触摸你们的民大故事，感念你们在民大的花样年华，体味你们对民大的深深眷恋，真真切切感受到了你们对母校、对老师们的感恩情怀，正如同学所说："时光在变，母校在变，我也在变，但我爱民大的心，亘古不变"。

同学们，母校也永远爱着你们，无论你们是身居北京，还是远走天涯；是就业创业，还是继续求学，民大都会一如既往地"罩着你"！母校是每一个民大人永久的"家园"。正如你们所说："你不曾真的离去，你一直在我心底"。

同学们，世界处于百年未有之大变局，我国将实现第一个百年目标，进而开启第二个百年征程，新一轮科技革命突飞猛进，经济社会生活日新月异。你毕业在这复杂多变的世界里，大江大河的漩涡中，跨越关口的攻坚期，如何做到不迷失、不掉队、不放弃，看到最美的风景，成就最好的自己，我给你们三点建议：

有定力。不忘初心，牢记使命；顶住诱惑，砥砺前行；坚持到底，就是胜利。一是增强辨别力。坚持"两点论"，在全局中明辨是非；突出"重点论"，在趋势中明辨方向；坚守"目的论"，在人民期盼中明辨责任。二是强化自制力。坚持目标导向，在矢志不渝中精准发力；突出品格修炼，在复杂的环境中恪守正道；坚守平常心，在淡泊名利中成为"追梦人"。三是提高免疫力。坚持阅读经典，在博古通今、学贯中西中点亮心灵之灯；突出问题导向，在解决重大问题中坚定"四个自信"；坚守底线思维，在防范系统风险中确保安全。道路千万条，安全第一条，行为越红线，余生两行泪。

勇创新。人生没有定式，唯有创新，方能勇立潮头。一是创新思维。坚持时代引领，在众人皆醉你半醒中超越自我；突出守正出奇，在打破常规中超越思维定式；坚守科学精神，在自由探索中超越狭隘高墙。二是创新资源配置。坚持重点突破，在打造"硬核"优势中百战百胜，华为的成功，就是集中所有弹药对准电信这个城墙口近 30 年持续冲锋的结果；突出资源整合，在打造"平台"中顺应"+"的时代；坚守开放创新，在构建人类命运共同体中共建共享。三是创新实践。坚持实践第一，在大胆尝试中挖掘"国家宝藏"；突出敢为人先，在敢想敢为中发现前所未有的风景；坚守实践标准，在脚踏实地中仰望星空。

敢奋斗。幸福都是奋斗出来的。要奋斗，就离不开一个"狠"字！正如华为鼓舞员工士气所说：没有伤痕累累，哪来皮糙肉厚，英雄自古多磨难！一是要有狠的意志。坚持百折不挠的决心，在倔强中活出无人能及的精彩；突出艰苦奋斗的精神，在锤炼中"争做春天的骄傲"；坚守王者风范，在使命必达中形成"泰山压顶不弯腰"的霸气。任正非面对美国的全面"绞杀"，不仅没有被吓倒，反而诙谐地认为，一个强大的美国竟然害怕我这个"小老鼠"。二是要有狠的毅力。坚持不懈努力，在拼搏中走完自己选择的路；突出坚定执着，在逆境中仍能同阳光奔跑；坚守梦想，在永不放弃中将人生的不可能变成可能。三是要有狠的干劲。坚持全力以赴，在累不死中往死里干；突出工作绩效，在提高效率中不负光阴；坚守工匠精神，在精益求精中"C 位出道"！

最后，请允许我以《流浪地球》中的话结束今天的致辞：

希望是像钻石一样珍贵的东西，无论最终结果将我们导向何处，我们决定，选择希望！

同学们，只要你们拥有希望，坚持自己的梦想，努力拼搏，我相信，全世界都会为你们让路！

祝你们好运！谢谢大家！

愿你乘风破浪　炼就无价少年
——中央民族大学 2020 届毕业典礼致辞

（2020 年 7 月 8 日）

亲爱的毕业生同学们、领导们、老师们、校友们、家长们：

你们好！

今天，我们在典雅的大礼堂前举行 2020 年"云毕业典礼"，全体毕业生同学们第一次不用抢票就可以参加全校的毕业典礼，成为师哥师姐眼中"别人家的孩子"；天各一方的我们第一次在云端聚首，成为你们"最in"的民大记忆；毕业生同学们、老师们、校友们、家长们，以及所有关心民大的领导和朋友们第一次这么多人共同见证你们的毕业，成为你们激昂的"青春诗会"。这些无奈中的"小确幸"，将会成为你们未来"话说当年"的"梗"。

同学们，去时雪纷飞，盛夏仍未归。一百多天的遥遥相望，你们从未如此渴望回到"美美与共"的民大校园，我也从未如此渴望，在教室听见以梦为马且行且歌的你们，在实验室看见锲而不舍敢为天下先的你们，在校园遇见白衣飘飘鲜衣怒马的你们。你们对民大浓浓的爱，"带货"《再见民大》燃爆"云端"。看着屏幕那端的你们，把民大紧紧握进手里，你们深深驻进我心里。我多么希望能够面对面给可爱的你们拨一次流苏，说一声感谢，给一番嘱托，道一句珍重。我代表学校，向今年的毕业生同学们郑重承诺，只要愿意，你们可以回来参加任何一年的毕业典礼，如果需要，也可以为你们补上"高定私藏"的专场。学校将为你们开着一扇门，"一直等待永远青春的归人"。

突如其来的新冠肺炎疫情，威胁了我们的生命健康，打乱了我们的教学生活秩序，干扰了你们的顺利毕业，影响了你们的择业就业，阻挡了你们的集体"回家"，让我们感受到了"雪花飘飘，北风萧萧"的寒意。但是，在这些艰难的日子里，你们，听从党的指挥，遵守国家规定，尊重生命，关爱健康，在疫情期间实现零感染；听从学校安排，遵守网课纪律，尊重科学，求索知识，在防疫的同时完成学业；听从内心召唤，遵守大爱法则，尊重道德，奉献爱心，在防疫阻击战中甘做"最美逆行者"。你们在新冠肺炎疫情的危难之际，经受住了考验，撕掉了标签，成为这个时代奔涌的"后浪"！

在此，我谨代表张京泽书记，代表学校全体教职员工、你们的师弟师妹们、海内外的师兄师姐们，向今年毕业的同学们表示祝贺！向优秀毕业生获得者、到西部到基层工作的同学们表示深深的敬意！向为你们成长辛勤指导和默默付出的老师们、员工们、家长们表示诚挚的感谢！

那些年，已走远，往事浮在眼前。体育场挺拔的大树，记录了你们为祖国庆生的青春汗水；文华楼拥挤的电梯，兑现了你们绝不虚度的青春承诺；理工楼不熄的灯光，映射了你们探求未知的青春梦想；"56 创"夺目的奖杯，镌刻了你们创新创业的青春激荡。你们努力的样子，真美！当然，玉兰树前、紫藤架下失约的最后一个春天，也是留给你们难以忘怀的青春遗憾。亦苦亦甜的民大生活，惊艳了时光，温柔了岁月，随着老师们给你们的"毕业寄语"，这些都统统打包进你们今后的行囊，陪你们一路星辰大海风雨兼程。

一切过往，皆为序章。同学们，百年不遇的新冠肺炎疫情，必然加速世界百年未有之大变局，加速中国的现代化进程，加速中国掌握关键核心技术等国之重器，中国从来没有像现在这样把人才作为第一资源，从来没有像现在这样如此强烈地需要你们，依靠你们，期待你们。你们是互联网的"原住民"，是富有自立自信的新一代，是科技加速迭代中的"原生代"，你们拥有能够快速适应变化的时代基因。在这个充满重大机遇与挑战的新时代，愿你们，乘风破浪，披荆斩棘，练就无价少年。为此，我给你们三点建议：

担使命。只有为信仰而生，为理想而战，才能成为祖国的"北斗天团"。一是坚定信仰。少年的心中，必须拥有信仰，这是精神的支柱，力量的源泉，前行的动力。心有所信，方能致远；天降大任，注定不凡。如果没有信仰，你的灵魂就将无处安放。二是勇于担当。少年的肩膀，必须扛起祖国的未来，这是历史的责任、民族的希望、人民的重托。心中有责，才能为梦想奔跑；拥抱希望，才能心甘情愿负重前行。如果辜负重托，你拿什么成为中国崛起的力量担当！三是不惧困难。少年的胆魄，必须敢于逆流而上，这是自然的规律、发展的现实、未来的要求。不乱于心，才能攻坚克难；有勇有谋，才能化危为机。没有经历苦难，你如何能够化茧成蝶。敢，你们有万丈光芒！

能立命。只有在大变革时代积极参与变革，引领变革，才能活得像华为那样无可替代。一是敢于变革。少年的自信，必须来自坚持与时俱进，这是时代的要求，历史的证明，变革的前提。拥抱变革，才能拥有未来；拒绝变革，就会落后于时代。唯有变革，才能立命。二是选准赛道。少年的自立，必须植根于核心竞争力，这是丛林的法则，立命的根本，竞争的法宝。选对赛道，就如同特斯拉逆袭丰田；选错赛道，就像尼康被手机"跨界打劫"。学会选择，才能立命。三是敢于超越。少年的自强，必须来自超强的能力，这是跟随的耐力、并肩的实力、引领的魅力。超越对手，才能成为强者；超越自我，才能强者恒强。不断超越，才能立命。青春没有地平线，世界等你们去改变！

争朝夕。只有始终保持奋进的姿态，微笑的模样，才能有像中国女排那样的高光时刻。一是珍惜时光。少年的春天，必须是用来播种的，这是春天的呼唤，季节的必然，生命的节点。只有与时间赛跑，才能不被时代淘汰；只有与时间并跑，才能与时代同向同行。天下武功，唯快不破。二是奋力拼搏。少年的夏天，必须是流泪流汗的，这是过河的艰辛、爬坡的艰苦、过坎的艰难。只有经历，才能增加生命的厚度；只有拼搏，才能增加生命的密度。一生太短，一瞬好长。三是对标对表。少年的秋天，必须是赶来收获的，这是播种的结果，时间的检验，付出的回报。只有对标，那些立过的 flag 才不会被打脸；只有对表，才能在有限的时间活出无限的精彩。人生短暂，经不起挥霍和懈怠。

同学们，最后请允许我以歌曲《少年》中的话结束今天的致辞：

我还是从前那个少年，时间只不过是考验，种在心中信念丝毫未减，面前再多艰险不退却，Say never never give up!Like a fighter!

同学们，有母校为你们做坚强的后盾，放心去飞，勇敢去追，加油！奥利给！

悟人生
与青春握手 | Understanding Life

人生与其说是一个不断获取的过程，倒不如说是一个逐步放弃的聚焦过程，这正是中华文化『舍得』的要义所在，先舍后得，不舍不得。

| 与青春握手 | 一位长者的微言大义

Shake Hands with Youth

敢于超越　才能攀上新高度 *

2005 年 8 月 2 日我飞到了令人向往、充满神奇的地方——西藏拉萨。

这是我有生以来登上的最高海拔。由于兴奋之情难以抑制，当天下午就游览了大昭寺、小昭寺、八廓街等，晚饭还和朋友们喝了点拉萨啤酒。但意想不到的是，在海拔近 4000 米的拉萨，当晚我就品尝了严重高原反应的滋味，而且为了多吸点新鲜空气，我打开窗户，整个晚上坐在窗边，又发烧感冒。据说这是在西藏最可怕的事情。但我还是挺住了，一直在不吸氧的情况下继续我在西藏的行程。在途经海拔 5000 多米的地方，我进一步体会到了在这个高度上的无能与无奈。原本要去珠峰大本营的计划此次也就不得不放弃了。这一梦想的实现，就取决于日后自我能力的修炼和超越。

这趟西藏之行，终于让我领略了什么叫高度，为登上这一高度需要付出怎样的努力和代价，以及需要具备什么样的能力！人在一定阶段上总有其能力上的极限，这就决定了：只有那些乐于修炼、敢于超越的人，才能不断攀上新的高度。

---

*《中国经济热点前沿》（第 3 辑），经济科学出版社 2006 年版，前言。

我想人世间做人做事要想达到一定的高度也是如此。

2004 年《中国经济热点前沿》（第 1 辑）与其姊妹篇《国外经济热点前沿》（第 1 辑）的出版，引起了社会较好的反响，自己心中感到无比的喜悦。当 2005 年《中国经济热点前沿》（第 2 辑）和《国外经济热点前沿》（第 2 辑）出版时，反而有了诚惶诚恐的感觉。社会对本书给予了较高的评价，并把本书的写作称为是修桥补路、服务大家的善举。如果做得不好，那不是有愧吗？2006 年编写和出版本书和《国外经济热点前沿》（第 3 辑）时，我总有一种如履薄冰的感觉。因为社会对这两本书越来越认可了，例如，《人民日报》2006 年 1 月 24 日发表了本书的初步成果;《经济学动态》2006 年第 2 期发表了本书进一步细化的成果。这表明一流的报刊开始认真关注本书的研究成果。同时，这两本书的发行效果也不错，第 1 辑已经第二次印刷，第 2 辑在有的图书销售网上也已缺货。社会对本书的认同度越高，自己感到的压力也就越大，当然随之而来的动力也就越足，也就越想把本书做得更好、更高，直到自己的能力极限。

老子在《道德经》第四十二章中说："道生一，一生二，二生三，三生万物。"这意味着三不是二的简单数字相加，而是进入了一个新的境界。本书已是第 3 辑，但愿她能走上一个新的高度。

懂得感恩　必有好运眷顾 *

2006 年 8 月 6 日，我应邀第二次前往长白山。据介绍长白山是我国东北海拔最高、喷口最大的活山体，它的形成约有 200 万年，是中华十大名山之一，被称为"千年积雪万年松，直上人间第一峰"。长白山天池是长白山的最美处，天池水缓缓溢出，化作高达 68 米的长白山瀑布，瀑布从悬崖峭壁飞流直下，恰似一条白龙从天而降。而且天池水有出口无进口，显示了天池内在的无穷力量和奉献的博大胸怀。按当地的说法：长白山地理气候极为独特，被称为"一山有四季、十里不同天"。因此，到长白山能清晰地看到天池，据说是极其幸运的。是否能看到天池似乎就成了检验一个人"命运"如何的试金石，而且一次看到有偶然性，两次都能看到那就有必然性了，说明这个人的"命运"真好！

9 年前，当我第一次来到长白山清晰地看到壮观而神秘的天池时，我为自己的幸运而欢欣鼓舞，似乎对自己的未来也有了无限的憧憬。9 年后，当我怀着惴惴不安的心情再次登上长白山，看到我脚下那清晰的天池时，就像多年未见的老友重逢般兴奋无比，当我拥抱它那博大的胸怀时，从

---

*《中国经济热点前沿》（第 4 辑），经济科学出版社 2007 年版，前言。

我内心油然而生出的是感恩之情。

今年是我人生旅途中整整第 50 个年头。孔子曰："五十而知天命"。何为知天命，我的理解：俗点说就是知道自己是老几；雅点说就是自知之明，怀着一颗平常心去做事。也就是说能为则为，不能为而又想为的要千方百计去为，最终实在不能为的最好选择就是放弃。命为凡夫俗子，何必去强求达官贵人的运。有了这样一颗平常心，虽然渴望成功，但没有什么是应该的，从而也就没有了抱怨。凡是得到的，就会自然生出感恩之心、报恩之情；凡是得不到的，坦然一笑了之，因为我努力了，问心无愧了。这与阿Q不同，因为强调了一个"为"字，不论是"无为而为"，还是"有为而为"，都要有为，只是坦然为的结果，正所谓"谋事在人，成事在天"。所以，能为不为是懒蛋，不能为非为是疯子。

回首五十年，自感命运不错。虽然有很多需要自省的，但已甚为知足。命运命运，没有命就没有运，是命决定着运，而运又改善着命。对我来说，命好的标志就是在我人生道路的每个关键点上都有贵人相助，他们是我的老师、领导、朋友和家人，等等，恕我在此不一一写出他们的名字，因为我把他们已铭刻在心而终生不忘；运好的标志则在于正是有了他们的帮助，才使人生九十九难的坎坷路在我这里变成坦途或变得不那么坎坷，收获了颇多学术生涯的"第一"。而且更重要的是，好运又进一步优化了我的命。我非常欣赏李嘉诚说的这样一句话，并用于自勉："因为我公道公正，很多年来，很多机遇都是跟我合作的人送来的，追来给我的。这一点是我的一个秘密。"

但是，在运气不错时需要谨记的是：有了运，千万别忘了自己的命，丢了命，什么也就没有了。中国有个词叫"舍得"。它告诉我们：先"舍"后"得"，不"舍"不"得"。所以，对于好运万不可贪婪，要有感恩之心，报恩之情。

我相信：发自心底的感恩，是一个人好运、平安、幸福、快乐的源泉；发自肺腑的报恩，是一个人勤奋、创造、给予、执著的动力。

　　今年《中国经济热点前沿》已进入第四个年头，我现在还很难判断她是森林中的一棵小草，还是处女地里的一棵小树，但看到她一年年的茁壮成长，并感觉到一丝丝诱人的前景，我还是为此而心跳。感谢四年来学界的鼓励和认同；感谢教育部、北京市社科联和出版社各位领导、专家和朋友们给予的精神和物质的支持与帮助；感谢媒体的鼓与呼；本书的主要结论已先后在《人民日报》（2007年2月9日）、中共中央党校的《理论动态》、中国社科院经济所的《经济学动态》等报刊发表，产生了积极的社会反响。感谢写作团队的精诚合作与辛勤劳动。我认为，就本书的工作而言，最好的感恩，还是落到一点上，就是努力把本书做得越来越好。

用三心三力　悟出人生正道 *

　　随着本书的出版，《中国经济热点前沿》今年已经整整 5 岁了！

　　按照传统习俗，什么事通常都要 5 年一小庆，10 年一大庆。

　　为什么 5 年要庆一庆呢？因为任何一件事，持续干 5 年不容易。现在流行的一则对"成功"认识的短信就体现了这一理念："0 岁成功是生下来养活了；5 岁成功是不尿裤子了"；现实的经验也验证了这一事实：据披露，中国民营企业的平均寿命只有 2.9 岁，即使在企业生存环境较为优越的美国，平均 62% 的企业也活不到 5 年。所以冯仑深有感慨地说："为了企业的生存和发展，不惜牺牲自己的'色相'，在各种媒体上露脸。毕竟，失节事小，饿死事大。对企业来说，生存下来才是第一位的"。真有点"剩者为王"的感慨！这也就可以理解为什么有的企业家要高高举起"不求 500 强，但求 500 年"的大旗。

　　但这并不是推崇"好死不如赖活着"的哲学。活着是成功，但成功不能仅仅是活着，还要成功地活着。活 5 年要庆，就要有值得庆的东西，如果活得淡而无味，庆的价值就会大打折扣。虽然平平淡淡才是真，但

---

　　*《中国经济热点前沿》（第 5 辑），经济科学出版社 2008 年版，前言。

平淡绝不意味着无味。恰恰为了拒绝无味，人们才去努力追求成功。成功不仅是过程终结的成功，而且更多和更重要的是过程中的成功。这样，每一个成功都成为过程中的一个个标志。当我们周年庆的时候，细数的就是这些标志性的成果。因此，努力留下标志性成果，实际上就是努力记录我们的人生价值。

虽然对不同的人，显示其成功的标志性成果是不同的，获得标志性成果的道路、手段和方式是不同的，但成功的"道"却是相同的，这就是一般原理和具体实践相结合。什么是"道"？"道可道，非常道"。对此通常的解释是：能够讲出来的"道"，应该都不是你的"道"。这正是"道"字为什么用"首"而不用"口"的原因。"首"就是脑袋，所以"道"要用心去悟，为此就不能忙，忙的字意就是"心亡"了，要静下心来好好想；"首"还是首领，从个人的角度来讲，自己就是自己的首领，所以"道"要用自己的心去悟，靠自己的力去行。

悟"道"之心有三：一是童心。童心好奇，这是激情的源泉，求索的动力；童心无邪，这是所悟之"道"符合德性的保障，正所谓"昏君无道"；童心无忧，这使我们快乐地悟"道"和享受悟"道"的快乐。二是爱心。爱可爱之人和可爱之事，这是小爱，而大爱无疆。爱有多大，道有多宽。三是狠心。对自己一定要有狠心，狠心拧自己，狠心顶住诱惑，否则，就会迷失在功利的森林里，"像一个流浪汉一样无家可归（德鲁克语）"。但是，"狠"不能多出一点，多了就变成"狼"了。谁也不愿意总与狼共舞。

悟"道"还需要三力：一是智力。小智是聪明，大智就若愚了，所以人生才有"难得糊涂"。当然，难得的"糊涂"是"大事清楚，小事糊涂"。二是体力。除了少数聪明者，大多数人的智力应该是没有太大差别的，这就使体力成为决定成功与否的一个重要因素。能吃能睡不一定肯定能干，但不能吃不能睡肯定无法能干。在现实生活中，即使是智力型的工作，与其说是拼智力，还不如说是拼体力，特别是持久的体力，因为身体乃是载知识之车。经济学界有个突出的特点，就是学者们普遍长寿。改革开放以来，经济学的繁荣使学者们长寿，而学者们的长寿又使经济学愈加繁荣。衷心祝愿大家健康长寿。三是毅力。要对认准的事往死里做，做到底就成功了。行百里者半九十，成功往往就在坚持一下的努力之中。正如柳传志所说："在制定战略的时候，先把事情想明白，然后就咬住牙往前推，坚决不动摇。……做一件事情要死做。"

　　本丛书走过五年之际，也是我人生走过五十年之时。一个年过半百之人，发发以上感慨，目的有三：一是求索人生；二是自励将来；三是交流学习。当然对此还是"愿者上钩"，毕竟，一个社会不能只用单一的标准去衡量丰富多彩的成功。

　　在本丛书五周年之际，我要感谢那些策划和写作本丛书、拥有和阅读本丛书，以及关心和关注本丛书的人们。正是因为有了你们，本丛书才能活到 5 年，并有希望继续活下去。

做到三顺　就能六六大顺 *

《中国经济热点前沿》今年已经走过了 6 年。六六大顺，吉祥。

六为什么会顺？我想人们只是取其谐音表达自己美好的愿望而已。其实，吉利的数字未必能给人们带来吉利，有时还会相反。比如八的谐音是发，许多人把自己的手机号、车牌号，以及开张、开幕的时间都选为 8，但中国这些年好像遇 8 总是不发。2008 年，在冰雪灾害、汶川大地震等天灾和美国金融海啸等人祸的重压下，中国经济严重下行，上证综指跌逾 65%，沪市总市值减少 17.26 万亿元，缩水了 63.96%，财富被大量蒸发；1998 年，在 1997 年亚洲金融危机的冲击下，中国经济进入了持续 5 年之久的通货紧缩；1988 年，在高速增长的压力下，我国出现了两位数的通货膨胀，消费者的抢购景象至今难忘，抢购的商品许多家庭现在还没用完。大家都不喜欢 4，因为 4 的谐音是死。但中国许多企业不但逢 4 不死，反而成长得很好，比如国内的海尔、联想、万科、正泰，以及国外的戴尔、思科等知名企业都是在 1984 年成立的。

当然，我们也不能由此得出相反的结论：凡是吉利的数字都不吉利。

* 《中国经济热点前沿》（第 6 辑），经济科学出版社 2009 年版，前言。

其实，吉利不吉利关键不在数字本身，而是数字背后人的理念和行为。

六六要大顺，最重要的是需解决以下问题：

第一，顺己先顺人。只会顺自己，而不去帮助别人顺利的人，最终自己也不可能顺利。例如，对父母，"孝顺"二字揭示得很清楚：顺父母就是对父母的孝；对朋友，正如孟子所推崇的独乐乐不如众乐乐；对合作伙伴，李嘉诚认为自己顺利成功的秘诀是："因为我公道公正，很多年来，很多机遇都是跟我合作的人送来的，追来给我的。"所以，只有顺人者，才能路越走越宽。

第二，顺己要顺天。顺天就是顺天时，所谓天时就是客观规律，按客观规律办事才能达到顺利。正所谓"替天行道"，"名正言顺"。由于客观规律会因时因地而发生改变，顺天之道也要随之而发生变换。例如，三星公司的创始人李秉喆对三星的成功就总结为："因为可以适应时代的变化"；《基业长青》的作者柯林斯在总结GE的成功时说："一百多年来，GE最擅长的本领似乎就是，它总能在合适的时候选择合适的人。"同样，当GE来到中国发展时，因国度的改变，其经营理念也随之发生变革，GE中国的CEO庞德明就明确讲道："在中国，对我来说最重要的是做好跟政府和重要客户的关系。"从而不同于在美国本土的经营理念。

第三，顺己需顺力。顺力就是要理顺自己的用力点。达尔文在《物种起源》中描述"适者生存"的自然法则时说："最适合生存的是那些能调整自己以适应改变中的环境和新的竞争的物种。"这就是说，顺利，不是因为环境适应了你，而是你主动适应了环境。那种坐等环境适应自己的人，甚至抱怨生不逢时、怀才不遇的人，往往很难得到顺利。只有那些敢于否定自己、超越自己，从而"在狼群里也会学狼叫"的人，才会更顺利地生存。

本书6年来一路顺利走过来，正是遵循了以上"顺"的理念。从顺人的角度来看，做文献综述是许多人不愿意干的费力不讨好的事，因为写综述要费力看大量的文献，但写出来的东西却不算学术成果，不能评奖等。我开始做时就有人劝我放弃。可是我总觉着：中国的经济学研究要规范、要在已有的研究成果基础上向前推进，就必须从文献综述起步。我们把文献综述做出来，就是为同行们提供一个研究基础和起点，为了更多的人不费力。所以专家们才把我们的工作称为"修桥补路"的善事。从顺天的角度来看，中国改革开放的成功，为中国经济学的确立和发展奠定了坚实的基础和提供了肥沃的土壤。中国经济学体系与内容的形成和发展，可以使我们把中国经济学作为经济学大家庭的一员做出独立的研究。恰恰由于中国经济学的这种独具特色的研究，才能使我们的文献综述做得有独到的价值。从顺力的角度来看，我们在文献梳理的过程中始终把握的原则就是抛弃自己的一孔之见，努力真实、客观地展现文献的原汁原味，按照文献的逻辑体系和脉络组织文献。这既是我们过去成功的原因，也是我们未来努力持续成功必须遵循的原则。

丰富美　更新美　让美不胜收 *

《中国经济热点前沿》今年已经走过了7年。

民间有"七年之痒"一说，意思是7年了，开始有点"审美疲劳"了。我做《中国经济热点前沿》一书虽已7年，不但没有"审美疲劳"，反而越看越美，因为7年的相知相伴，使我认知了这个丰富多彩的世界，推动我从纯理性的选择，升华到情感上的热爱。心中有爱，眼里自然就有美，就会深情地投入，因为"热爱是点燃工作激情的火把。无论什么工作，只要全力以赴去做就能产生很大的成就感和自信心，而且会产生向下一个目标挑战的积极性。成功的人往往都是那些沉醉于做事的人"（日本著名企业家稻盛和夫语）。今天《中国经济热点前沿》（第7辑）就要付梓之时，那种成就感和自豪感就油然而生。

为什么会有"七年之痒"，出现"审美疲劳"，原因就是没有美的更新。虽然可以非常自恋地说：不是我不美，而是你没有发现美的眼睛，但抱怨不会改变结果，最后只能自己安慰自己：下辈子一定做个女人，嫁给我这样一个男人。

---

*《中国经济热点前沿》（第7辑），经济科学出版社2010年版，前言。

要让别人发现你的美，就需要做两件事：一是丰富美，更新美，让美不胜收；二是展示美，张扬美，让美不惊人死不休。

中国经济学的最大魅力就在于：她是一个活生生的丰富多彩的世界，这就为我们挖掘美、丰富美、更新美、展示美提供了一个取之不尽、用之不竭的富矿；她是一个成长中的美丽少女，正随着中国经济的日新月异而"女大十八变、越变越好看"，这就使审美者目不暇接。当我们有幸徜徉在中国经济学这神圣而美丽的殿堂里时，怎么会有"七年之痒"的审美疲劳呢？所以，我们感恩这样的时代，感恩父母把我们生在这个伟大的时代，感恩鼓励和支持我们选择经济学的老师、亲人和朋友们。经过我们的努力，让中国经济学更美，让我们这个时代更美，是我们知恩图报的唯一选择。

我们正是秉承挖掘美、张扬美的理念，7 年来对中国经济学的研究成果进行认真的梳理。我们像一个探矿者那样，使出十八般武艺，努力搜集那些闪闪发光的金子。非常荣幸，我们的辛勤劳作得到了学界和社会的认可，并给予了许多催人奋进的鼓励。但当我们反思和总结时发现：几年来，我们在挖掘美上做了一些工作，但在张扬美上却严重不足，甚至可以说根本没有做。究其不做的原因有二：一是不成熟，还需要再养育养育；二是脸皮薄，怕有"王婆卖瓜、自卖自夸"之嫌。随着学界和社会对本书的认可和赞许，我们开始似乎找到了再上新台阶的勇气和自信。为此，2009 年，我们联合北京市社科联、经济科学出版社和北京市经济学总会，共同举办了"中国经济学前沿论坛（2009）"。论坛旨在高举中国经济学的旗帜，在中国经济改革与发展成功经验的沃土上，张扬中国经济学的特色和气派。论坛一方面发布中国经济学研究的年度热点排名与分析，展示中国经济学的最新研究进展；另一方面邀请林岗、王一鸣、刘伟、金碚、高培勇、王国刚等著名专家就中国经济学的热点问题作学术报告。论坛产生了较大的社会反响，参会的专家学者、学生和企业家有近 200 人，而且会场过道和门口也都站满了人。《人民日报》《光明日报》《中国教育报》《中国政协报》《经济学动态》等 30 多家报刊和网络媒体进行了报道，有的媒体还就中国经济学热点问题做了专访。这一结果超出了预料，也使我们充满信心将"中国经济学前沿论坛"作为常设论坛每年举办一次，以此为平台展示我们梳理的中国经济学研究成果，并就这一主题进行高端学术交流。

勿以善小而不为　积小善必成大德 *

《中国经济热点前沿》（第 8 辑）与大家见面了，我们相守了 8 年，也算修得了一点正果，得到了越来越多的认同，我们为此而喜悦、幸福和陶醉。

"8"因谐音为"发"，成为吉利数字，我们也愿借此良机祝福本书能伴随中国经济和中国经济学的蓬勃而一路发下去。

为了发，必须要有人，有团队，特别是老中青相结合的可持续成长的团队。毛泽东曾经说过：世界上只要有了人，什么人间奇迹都能创造出来。我认为，到了我们这个年龄的人，重要的已经不是自己能写出多少优秀的成果，而是能培养出多少优秀人才，能否带出一个优秀的团队，做出一个大"我"。正是基于这一理念，我们对本书团队进行了调整，这也是今年的一个新变化。

为了发，必须努力工作！一份耕耘，一份收获。要争先进位，就必须跑得比别人快，慢了就可能被"狗熊"吃掉，在优胜劣汰的竞争中，只能选择"白加黑、五加二"地工作。但在疯狂工作的同时，也不能忘

*《中国经济热点前沿》（第 8 辑），经济科学出版社 2011 年版，前言。

了人生的另一个哲理：工作并不是生活的全部。我非常同意可口可乐公司总裁迪森所说的话：生活如同一项抛球运动。你的双手必须轮流抛掷"工作""健康""家庭""朋友""精神生活"五颗球，而且不可以让任何一颗球落地。你将很快发现："工作"是一颗橡皮球，如果它掉下去会再弹回来。而其他四颗球，"健康""家庭""朋友""精神生活"是玻璃做的，如果你让任何一颗落下，他会磨损，甚至会粉碎。所以，我们在努力追求把工作做得更好、更高的同时，必须协调好"工作""健康""家庭""朋友"与"精神生活"的平衡。正是基于这样的理念，虽然我们深知本书出版得越早越好，但却并没有紧逼团队成员加快写作进度。这也是努力践行又好又快科学发展吧。

为了发，必须牢记"勿以善小而不为"的警训。人生的成功，绝不是一个偶然事件，而是一个人从点点滴滴小事做起，日积月累而成的。不能做小事的人，最终难成大器。小事都不做，或不好好做，谁又敢把大事交给你去做呢？孔夫子为什么说"三十而立，四十不惑，五十知天命"，就是因为需要几十年的修炼，才能实现这个顿悟，达到那个境界。写作本书，其实就是做了许多人看不上的小善事，一个人做一点好事并不难，难得的是一辈子做好事，积小善必成大德！我们坚守了8年所得到的成果就是最好的证明。我们奢望，通过我们对中国经济学演进的历史记载，让历史能够记得我们所做的点滴工作。

为了发，必须常怀一颗感恩之心，这是做人的根本。人都做不好，何谈做"人事"？感恩，既要感谢那些给予我们幸福和快乐的人，也要感谢那些曾经给予我们痛苦和磨难的人，前者让我们感受了这个社会的善，后者让我们认识了这个社会的恶，只有在善与恶的全面感悟中，我们才能走向成熟。感恩，在顺境中容易，而在逆境中却难得。就如同一个人有一条好腿，还有一条坏腿，人们往往会抱怨为什么要给我一条坏腿？但会感恩的人却感谢还给了我一条好腿。正是由于感恩这条好腿，他就会积极、乐观、豁达地面对人生，最终活出精彩！在本书的写作过程中，我们一直感谢这个时代，为我们的成长搭建了历史大舞台；感谢学界的专家学者，对我们的鼓励和认同；感谢同事和团队，任劳任怨与我同行；感谢家人和朋友，处处给我宽容和理解。我们也深知：本书还有许多不足与缺陷，特别是与国外同行的研究综述相比还有差距。但这条坏腿并不妨碍反而鞭策我们朝着理想的目标前行。

一位长者的微言大义

创造价值　方能长久 *

《中国经济热点前沿》（第9辑）终于面世了，这么晚实在有些对不起读者。许多读者以邮件、电话、当面询问等方式打听本书何时出版，反映了他们对本书的关心和支持。在这里我道一声感谢，也说一句抱歉。自去年我担任学校行政工作以来，用于学术研究的时间大幅减少，常感十分纠结。既然选择了行政工作，就不敢懈怠，懈怠是失败人生的基因；但当了20年的教授，又不甘废掉学术"武功"，学术是学者的生命之根。试图二者兼顾，白天行政，晚上熬夜做点学术，坚持了半年，身体又发出警报！身体乃载生命和知识之车。哎！没办法，只好让学术做出牺牲，无奈本书就拖到了今天。

可见，把一件事做好做久有多难！无数事实也证明了这一点。每一个人都希望自己长命百岁，但健康地活过百岁的人又有多少？当人们离开这个世界时，我们又会祝他千古，但又有多少人物转头空；每一个企业或组织都希望基业常青，但即使是世界500强企业，有人统计平均寿命也就50年。在我国，民营企业的平均寿命才仅有3~5年。对此，马云

---

*《中国经济热点前沿》（第9辑），经济科学出版社2012年版，前言。

说道：“进行全球化的企业家们、各位前辈、各位同行，今天非常残酷，明天更残酷，后天很美好，但是绝大多数人死在明天晚上。”所以，当国内一些企业家梦想进入世界500强的时候，格兰仕集团公司董事长梁庆德却大胆地提出自己的奋斗目标是：“不做500强，要做500年，把这个企业做成一个永远活着的有生命力的长寿企业。”

何以做久？何以不朽？《左传》曰：“太上有立德，其次有立功，其次有立言，虽久不废，此之谓不朽。”只要做到了其中一项，就可以不朽，而三项都做到了，就称为“三不朽”。王阳明的故居有一副楹联为“立德立功立言真三不朽，明理明知明教乃万人师”，可见后人将王阳明作为“三不朽”之楷模。最近在浙江绍兴市瞻仰蔡元培校长故居，看到了美国著名学者约翰·杜威的评价：“拿世界各国的大学校长来比较，牛津、剑桥、巴黎、柏林、哈佛、哥伦比亚等，这些校长中，在某些学科上，有卓越贡献的，不乏其人；但是，以一个校长身份，而领导那所大学对一个民族、一个时代，起到转折作用的，除蔡元培而外，恐怕找不出第二个。”蔡元培成为大学校长之榜样。

我等小辈，不敢妄言，更不敢妄想。在此斗胆提先贤的“立德”“立功”“立言”，仅把其作为座右铭激励自己，努力积德行善、建功立业、著书立说，努力做点好事，而且更要努力像毛泽东所说的那样：“一个人做点好事并不难，难得的是一辈子做好事。”

本书的写作被公认为是一件“修桥补路”的好事，这件好事虽然刚刚做到第九年，但已尝到了一点“做久”的滋味。虽不易，但我们坚持下来了，特别是在行政缠身的境况下认认真真地坚守到了第9辑。“9”的谐音是“久”，愿借此“良辰吉日”祝福本书能够长久，以此为平台自己能做一辈子的好事。

“9”还有九九归一之说，这也告诉我们：“9”为最大，其后就要一切从头开始！我想这包含了两方面的含义：一是虽然做到了今天，仍要有开始时的那种激情、热情和感情，做到"童心不泯"；二是虽然从头开始，但绝不是简单地重复，而是螺旋式的上升，做到"推陈出新"。为此，我们今年对本书的结构做了新的调整。将第二章中的宏观经济学和微观经济学两个涵盖面过大、容易与其他章节重复的两节取消，代之以与政治经济学、产业经济学、国际经济学、经济史相一致的学科财政学和金融学，以使本章能够更全面地反映经济学主要二级学科理论研究的最新进展。

专注坚持　耐心等待成功的到来*

十年等一回，等到了《中国经济热点前沿》（第10辑）的出版，等到了"十全十美"，我骄傲啊！

为了尽快等到这一刻，今年我当了一回"拼命三郎"。一是要求作者们4月底必须交稿，大家做到了，感谢鼎力支持。二是今年辽宁大学恢复"五一"春假，给了我难得的宝贵时间。三是加班加点"抢时间"。有了这"人和""天时"和"努力"，本书又恢复到"红五月"如期交稿和出版。对此，感悟有三：一是一个人再有能力，也干不过一群人，团队很重要；二是时间虽然很吝啬，但挤挤还是会有的；三是有梦，敢拼，才会赢。

"等"常被误认为是一个消极、被动的行为，其实不然，它反映的是一种心态和境界，李嘉诚的成功人生十大感悟之一就是："耐心等待成功的到来"。为什么成功需要耐心等待呢？原因在于：等就是专注。所谓"注"，就是三点水加一个"主"字，这意味着一个人只要拿定主意而不被其他所诱惑，就会"三生万物"而走向成功。2012年度国家最高科学技术奖获得者王小谟院士在获奖感言中就说到："我一辈子就做

---

*《中国经济热点前沿》（第10辑），经济科学出版社2013年版，前言。

了一件事：研制雷达，然后负责将世界上最先进的技术应用到预警机上，把设计变为现实。"等就是坚持。从事任何一项工作，开始都有三五年的艰难期。"克难"既需要智商，也需要情商，相比较而言，情商比智商更重要。特别是在如今浮躁和狭隘流行的社会里，情商更显得越来越珍贵和重要。等就是慎独。这意味着一个人的专注和坚持，是发自心底的充满愉悦的自然行为，没有强制，没有监督，没有约束，概括起来就是"我愿意"。等就是相伴。因相知，才相伴，才永远。专注就是相知，坚持就是相伴，慎独才可以走到永远。唯有如此，当我们即将逝去青春，以及生命的时候，在"追思会"上，才会为自己的努力，感到快乐，感到满足，而不会有任何的怨言和后悔，概括起来就是一个字"值"。

在人生的旅途中，有多少人输给了这个"等"字。从国家来说，中华民族的伟大复兴，有多少仁人志士为之奋斗，甚至献出生命，没有等到这一天。在中华民族伟大复兴指日可待的今天，吾等唯有努力，尽早实现，才能告慰他们的在天之灵。从这个意义上说，等还是一种牺牲。从工作来说，行百里者半九十，说明末路之难，有多少人没有等到最后。据统计，自1993年推出福布斯中国富豪榜以来，只有刘永好、宗庆后、张宏伟和张国喜4人是富豪榜上的"常青树"。从这个意义上说，等还是一种能力。从爱情来说，西方的罗密欧与朱丽叶，中国的梁山伯与祝英台，为千古传诵，说明爱情的甜蜜与艰辛。这种文学版的故事也有现实版，据说，张国荣对梅艳芳说过，等你到40岁，你未嫁，我未娶，我们就在一起。但后来，他在2003年4月1日殒身，她在同年12月30日病逝。那年，她刚好40岁。从这个意义上说，等还是一种缘分。

当我们愿意等的时候，也未必要等到十全十美。其实，十全十美往往是现实中难以企及的美好愿望，而且不全，也未必不美，维纳斯的美恰恰就在于她的残缺。从更广的意义上说，什么都想要的人，就会像中国寓言故事中到金山上取金子的老大一样，要付出生命的代价！人生与其说是一个不断获取的过程，倒不如说是一个逐步放弃的聚焦过程，这正是中华文化"舍得"的要义所在，先舍后得，不舍不得。当然，放弃也是有底线的，因为生命中有一些东西是不能放弃的。人生等到最后，总要面对死亡，这是很悲哀的。所以，人生真正的价值在于过程，只要在这个过程中经历了、付出了、成长了、享受了、精彩了、就足了。

　　我和我的团队在编写本书中相识、相知、相伴，体味了其中的快乐和痛苦，10 年来与书一起走来，等待读者对她的喝彩与批评。对于本书，一方面我们深深地爱着她，没有这种爱，我们不会等到今天；另一方面，我们也深知，她也有许多缺点需要我们不断去改进。从这个意义上说，等还是一种创新。

敢于放弃　才能赢得人生*

　　《中国经济热点前沿》（第 11 辑）终于交给出版社了，一半是喜悦，一半是伤感！

　　喜悦的是，本书走过了黄金 10 年，进入了钻石 10 年的新发展期，创造了学界一个新的纪录：至今还没有一个学术团队能够对一个学科的年度发展给予 11 年不离不弃、无怨无悔地跟踪描述。有了这种真诚的执着，何愁玉不成器，甚至即使是块石头，也应被"焐热"。因此，本书受到社会越来越多的关注，如本书的总报告《2012 年中国经济研究热点排名与分析》（发表在《经济学动态》2013 年第 4 期）被《新华文摘》全文转载；2013 年本书又得到了北京市社科基金重点项目的资助；在新的 10 年，北京市社会科学理论著作出版基金将继续资助本书的连续出版，经济科学出版社也将一如既往地承担本书的出版工作。有了大家的共同培养，这个美女，一定会更加亭亭玉立、妩媚动人。不管你信不信，反正我信！

　　伤感的是，本书的交稿日期总是一拖再拖，比去年延后了两个多月。

---

　　*《中国经济热点前沿》（第 11 辑），经济科学出版社 2014 年版，前言。

不是不为，而是真有些力不从心，所以感到纠结，有些伤感。去年当了一回"拼命三郎"，在"红五月"如期交稿。今年不敢拼了，主要原因，一是自身行政与学术的冲突。校长履职三年，前两年凭借以往的身体本钱，白天行政，晚上熬夜，以及利用双休日和节假日做点学术，还可以应付。今年这一模式难以为继了，那点油水熬干了！行政事务忙了一天，甚至还要经常加班，晚上拖着疲惫的身体回到学校公寓。在这种情况下，强打"鸡血"熬夜做学术，怎能持久？两年已是超出想象。二是外在的巨大压力。我的好友，南开大学经济研究所所长柳欣教授，只比我年长一岁，去年底因心脏病突发离开了我们；我身边的同事，有的只有三四十岁，因劳累过度，突发脑溢血。声声警钟，一再提醒自己，不可过度透支身体！

　　人来到这个世界上不容易，能赶上改革开放的伟大时代更不容易，而且更加难得的是，再给中国 10 年左右的和平稳定发展，中国的 GDP 总量就将毫无悬念地超越美国，成为世界第一大经济体，中华民族伟大复兴的第一个百年梦想就将得以实现。到那时，中国就可以像今天的美国那么"牛"，每一个中国人就可以活得那么扬眉吐气，意气风发。假如此时你不在了，那将是多么大的悲伤和遗憾！所以，现在我们一定要"两手"都要硬：一手努力工作；一手努力保重身体，健康地活到那一天！尤其对我们这些年近花甲之人，一定要记住：工作易，长寿难，且干且珍惜！

　　如何珍惜？就是做减法，不可"贪"！中国字"贪"，是由"今"和"贝"两个字组成的，"贝"是古代的钱币。这说明"贪"，只要今天的钱，不管明天的命。不"贪"，一是要敢于"舍"。每个人都想赢，但中国字"赢"，开始就是一个"亡"字，表明要赢，首先必须"亡"掉一些东西，什么都不想舍的人，最终什么也得不到。这就是"赢"和

"亡"的辩证法。二是要学会拒绝。不会拒绝，就不会"亡"掉一些事情，就不会赢，所以"赢"在"亡"字下面是一个"口"字，这表明要"亡"就要会说，会沟通，从而会拒绝。"亡"和"口"两个字合在一起，就延伸出一个新的意思，要赢，应该"亡"掉多少东西呢，答案是，要舍掉所有的东西，只留下一口气。这就是要专注于一件事，干成一件事，而做好这件事的能力就成为你的立身之本。其实，人活着也就是一口气，争的也是一口气，难咽下去的还是一口气！三是要急不得。急了，就容易出事、乱事，因为"冲动是魔鬼"。星云大师说："沉得住气，才能理性地思考解决之道，这才是智者所为。"① 所以，"赢"字的下面有三个字，第一个字就是"月"，表明要有时间的积累，要经得起岁月的考验，认准了，就要坚守到底。四是要够吃够喝。无论是精神的坚守，还是事业的坚守，都需要一定的物质基础，不贪，不是不吃不喝，而是够吃够喝，所以"赢"字下面的第二个字就是"贝"。五是要有平常心。"赢"字下面的第三个字是"凡"，就是要有一颗"平常心"，以平常心去做事，以凡人的心态去做人。只有"平常心"，才能不平常！

我走到今天，其实就是一路舍过来的。我为从事我所喜欢的经济学舍掉了许多，当然也在经济学的教学与研究中收获了许多幸福和快乐。现在，我担任校长又放弃了许多学术活动，这是应该的。既然选择了行政，就要把它做好，这是我的做人准则。同时，这也丰富了我的人生。但是，现在我感到最为纠结的是，从一个大学校长应该担负的职责层面来看，还是面临着如何处理好行政与学术关系的难题。在西方的大学体制下，校长是职业教育家，可以从事单一的行政工作。在我国现行的大学体制下，担任大学校长，是否就不可以再从事学术研究了，不能

---

① 星云：《沉不住气》，载《生命时报》2014年7月22日，第23版。

再申请国家课题了，不能再带研究生了，不能再报学术奖励了，等等，可能还是一个值得研究的大课题。从个人的时间和精力来看，最好在履职期间专心于行政工作，做好校长这一件事。但在现实中可行吗？好像不可行。在建一流大学的 985 高校中，由于聚集了一大批知名学者，好像还好些，但在地方院校，特别是建高水平大学的地方 211 高校，由于资源相对短缺，校长还要担负着为学科建设整合外部资源的重要职责，这样，没有一定的学术地位很难做到。在我国现行的体制下，行政与学术的平衡需要有很高的能力和艺术。

一位长者的微言大义

做好人好事　必有好报 *

《中国经济热点前沿》（第 12 辑）的出版，标志着该书实现了一轮的圆满。团队 12 年的努力，可嘉；成果 12 年的积累，可喜；影响 12 年的扩大，可贺！

一年有十二个月，一天有十二个时辰，由此中华文化认定十二为天之大数，从而有了十二地支，以及十二生肖的周期轮回。

世事难料，似乎杂乱无章，但其中真的有自然规律可循，否则无法解释"道法自然"。

2004 年是本书出版的元年，这一年我也非常有幸被评为第一批哲学社会科学长江学者特聘教授，从北京去了位于沈阳的辽宁大学，从此与辽宁大学结下了不解之缘。2011 年 6 月我被任命为辽宁大学常务副校长，2012 年 4 月被任命为校长。2015 年 4 月，我又被国家民委任命为中央民族大学校长，从沈阳回到了北京。这一年，恰恰是本书一轮的收官之年。

加入中央民族大学，对我来说是一种缘分，也是一个轮回。我虽然不是少数民族，但我是从民族地区走出来的：在内蒙古呼和浩特市上过

---

*《中国经济热点前沿》（第 12 辑），经济科学出版社 2015 年版，前言。

小学和中学，1975 年 1 月投笔从戎成为坦克兵驻守在内蒙古凉城，1979 年 2 月从部队复员回到呼和浩特市，同年 9 月从内蒙古考入中国人民大学。今年到中央民族大学任职，虽然没有回到民族地区，但却来到了服务民族地区和少数民族的民族大学。从民族地区出来再到民族大学工作，时间跨度正好是 3 个 12 年。

感悟近 5 个 12 年的人生经历，我更加坚信了"好人必有好报"的良言古训。努力做一个好人，努力多做些好事。

何为"好人"？对此人们有各种不同的界定。如果仅从解字释义的角度来看，汉字"好"由一"女"和一"子"组成，古人何意？按照民间流传的说法，儿女双全为好，这是圆满的结果。但从追求这种圆满的过程或机制来看，是否还可以引申出以下三点：一是有儿有女意味着性别的自然平衡，是人口理论追求的一种理想境界。这是否隐含着要求我们敬畏自然、尊重自然、顺其自然，从而做人做事要追求和谐、注重协调、强化合作、实现共赢。二是有儿有女意味着对立统一，这是否要求我们做人要精一半傻一半；做事要拿得起放得下。三是男为刚、女为柔，有儿有女是否要求我们做人做事应刚柔并济。该刚的时候，一定要像男子汉那样，掷地有声，抓铁有痕；该柔的时候，一定要像母性那样伟大，上善若水，润万物而无声。既然"好人"如此，那要有"好报"就至少要做到：

1. 有责任心、感恩心。责任心就是敢担当、能担当、会担当，也就是：召之即来，来之能战，战之能胜。当今的时代是一个需要担当的时代。担当是这个浮躁社会的稀有品质，是你有所成就的必要素质。所以，要做到电影《百团大战》中所说的那样：人在，旗在；人不在，旗还在！感恩心就是知恩、念恩、报恩。无论你处于什么地位，你有多重要，都要看轻自己，因为谁离开你都能活。所以没有什么是应该的、应得的，对每一次的获得都要常怀感恩之心，常怀报答之意。最近微信上流传的一位 80 后女孩的演讲视频，对父母的感恩之情催人泪下，"你养我长大，我陪你变老"是多么真情地报答。

2. 有德。只有好人才有更多的机会做事、做成事、做好事。今天社会的用人理念是：有德有才重用，有德无才培养，无德有才不用。人做不好，就等于失去了展示自己才能的机会和平台。一位中国留学生在英国找工作的故事就昭示了这一点。这位留学生因学习成绩好、有才华而受到招聘单位的青睐，但屡屡在最后签约时被拒，原因就是在乘公交时有三次逃票的记录。

3. 多做好事。只有做好事才能表明你是一个好人。所以，在人生的不同阶段，做人与做事可能需要有不同组合。在年轻时，需要通过做事做人，有的人称之为先做事、后做人，或边做事、边做人；经过一定阶段后，则可以通过做人做事，有的人称之为光做人、不做事。这里的不做事，是指不用亲自做小事，而是组建团队和与人合作一起做事。所以，要做一个好人，要得到好报，唯一的途径就是：怀着一颗感恩的心，踏踏实实、任劳任怨做事，甚至做小事，做似乎与自己无关的事，才能最终修炼自己，提升自己。

4. 做一辈子好人好事。一个人做一件好事并不难，难的是一辈子做好事。能坚持一辈子做好事的人一定是一个好人。好人有好报，不是不报，是时候不到。为了图报，往往总是不报。做好事，就是做好事，没有为什么。找到了为什么，好事可能就不一定是好事了。所以，请坚信：认定了方向，埋头拉车，坚持数年，必有好报。

怀抱新希望　精彩下半生 *

《中国经济热点前沿》（第 13 辑）的出版，标志着该书开始了新一轮的征程。如果说本书的第一个本命年还是懵懵懂懂的少年，那么，第二个本命年就将成为朝气蓬勃的青年，好像早上八九点钟的太阳。新一轮、新使命、新希望！

人生的每一轮，都有每一轮的使命，每一轮的希望。在第一个本命年里，活着、乐着、学着，努力不输在起跑线上；在第二个本命年里，中考、高考、研考，努力成为名校毕业生；在第三个本命年里，创新、创业、创造，努力有个好工作、好收入、好家庭；在第四个本命年里，智商、情商、逆商，努力做到事业家庭两不误；在第五个本命年里，天时、地利、人和，努力拿着大筐收获人生的奋斗成果。

进入第六个本命年，应该是人生的下半场。有人说，人生的上半场是比学历、职位、薪酬谁高，下半场比血压、血脂、血糖谁低。说得很对，但说得不全面。按照中华文化，天干 10 个，地支 12 个，两两可以有 60 个组合，60 年一甲子。所以，人生下半场应该是新生活的重新开始。

---

*《中国经济热点前沿》（第 13 辑），经济科学出版社 2016 年版，前言。

本人明年即将完成第五个本命年，人生的下半场即将开始。我期盼我的新生活，甚至有时想起来还有些兴奋。我比较喜欢提前规划自己的人生，比如在大二的时候，就开始规划自己今后的路，定位自己当个教书匠。在人生的上半场，我始终没有离开大学生活这条轨道，即使遇到再大的困难或诱惑，都始终不离不弃，是一位忠诚的战士。今天，在我即将进入人生下半场的前夕，借助本书第二轮开始的契机，妄谈一下人生下半场的使命和希望，就教于各位高人。

1. 活到老。活着是所有的前提。第一步应该给自己定一个小目标，健康地活到 80 岁，超过目前的平均寿命。本书的作者之一、我的同事陈秀山教授今年上半年不幸去世，不到 62 岁；与我住上下铺的大学同学刘国忠今年 10 月也走了，仅仅只有 54 岁。参加他们的告别仪式，深深感受到了生命的脆弱，让人唏嘘不已。在快节奏和竞争激烈的现代社会，人们的身心承受着巨大的工作和生活压力，加之我国正处在工业化的快速发展期，环境污染对健康的影响也不容忽视，据世界卫生组织 2016 年 9 月 27 日报告显示：我国已成为世界上室外空气污染致死水平最高的国家。世界卫生组织的另一份报告也表明，在全世界新增的癌症病例中，有 36% 左右在我国。因此，从国家层面看，需要认真贯彻落实习近平总书记提出的新发展理念，实现绿色发展；从个人层面看，可能需要我们回归孩提时代，常怀一颗童心。这可能也是生命的一种轮回。常怀童心，一是要热爱生命。汉字"命"拆开看，就是"人的一口气"，活着是一口气，争的也是一口气。这口气没了，不会再来，所以要倍加珍爱。二是要热爱生活。童心充满好奇，充满对美好生活的追求和向往。汉字"活"，说明活着靠"舌头"，舌头是用来讲话的，会讲就要有"道"，而"道"要靠"悟"，"悟"则要有"心"，对生活有心，才能悟出生活的真谛，发现生活的美，从而热爱生活。只有建立起对生活的热爱，才能知道珍爱生命的价值。成功创办 PayPal、特斯拉和 SpaceX 公司的埃隆·马斯克的母亲梅耶·马斯克，在培养孩子成就梦想后，68 岁了，仍认为自己可以像少女一样活出自己最炫酷的人生。

2. 学到老。在今天这样一个知识社会里，知识更新周期缩短，技术进步日新月异，而且技术创新具有颠覆性的特征。要跟上时代不落伍，就必须学习，而且要终身学习，常抓不懈，否则，稍不留神，不要说观念会落后，甚至生活自理可能都会出问题，比如马云的父亲都不知怎么打车了。在这方面，马克思为我们做出了榜样。为了研究俄国的土地所有制问题，马克思 52 岁开始学习俄文，而且在 1871 年 1 月 21 日致齐格弗里特·迈耶尔的信中说："1870 年初我开始自学俄语，现在我可以相当自如地阅读了。"人生上半场的学习与下半场的学习往往会有所不同，上半场可能是为了生存，下半场则是为了生活，达到生活的一种境界。美国著名的老奶奶摩西，一辈子在农场干粗活，76 岁开始绘画，80 岁在纽约办画展，并到欧洲巡展，轰动世界，登上《时代》《生活》杂志封面，作品被大都会博物馆等艺术馆收藏。她说："做你喜欢做的事，上帝会高兴地帮你打开成功之门，哪怕你现在已经 80 岁了。"因为"人的一生，能找到自己喜欢的事情是幸运的。有自己真兴趣的人，才会生活得有趣，才可能成为一个有意思的人。"老人 101 岁还有画作。

3. 干到老。学到老，也是干到老，学中干，干中学，二者相辅相成。曾担任玉溪卷烟厂厂长的褚时健，71 岁入狱，74 岁因病保外就医承包荒山开始种橙，开始新的创业，84 岁时褚橙大规模上市，创造了人生新的传奇。他对创业者提出以下告诫：一是要自信，相信自己一定能够成功。二是要认真，不怕任何困难。三是要有耐心，一锤子是砸不出一个结果来的。到了 70 多岁，还能扛得住、熬得住，这是一种怎样的精神。同样，没有对生命的珍爱，没有对生活的挚爱，就不会点燃起心中的激情，也就不会有干劲儿。到了人生的下半场，经历了拼搏、成功和挫折的上半场人生百味，多了淡泊、包容和真诚，因而干就是因为喜欢。只要喜欢，重要的不是干什么，也不是要追求什么，干本身就是乐趣，就是情趣，就是生活。连续多年参加本书写作的作者之一，备受经济学界尊敬的马克思主义经济学家卫兴华教授，今年已经 91 岁高龄，依然紧跟时代步伐，紧扣时代脉搏，为创建中国特色社会主义经济学勇于创新和探索，每年公开发表的论文达 30 多篇，令人敬仰。

遵循规律　增加生命厚度 *

　　《中国经济热点前沿》（第 14 辑）经过努力相对于第 13 辑而言提前出版了，本来计划争取今年上半年出版，特别是《光明日报》经济理论版主编张雁盛情约稿，希望尽早发表本书的成果，更给了我很大的动力，感谢张雁所给予的激励。但是，最后为《光明日报》写的稿子赶出来了（2017年 3 月 28 日发表），本书却由于行政事务等原因拖到了今天。真的很羡慕洪银兴师兄从南京大学党委书记岗位上退下来后科研成果如雨后春笋般涌现。

　　"14"谐音是"要死"，所以大家都忌讳这个数字。其实，有生就有死，这是自然规律，多少英雄豪杰苦苦寻觅长生不老，但都未能如愿。所以乔布斯说：记住你即将死去。我们都知道自己是哪天出生的，但没有任何人能预料到你哪天会离开这个世界。既然如此，我们就没有必要怕死，刻意的忌讳也就没有了实际的意义，倒不如放松心情，积极面对，这反而会更有利于健康。据说有统计显示，很大比例的癌症病人不是病死的，而是吓死的。

---

　　*《中国经济热点前沿》（第 14 辑），经济科学出版社 2017 年版，前言。

我小时候想到死，也很害怕，甚至感到恐怖，因为小时候我曾与死擦肩而过。据我妈妈讲：我两岁的时候自己偷偷溜出家门到外面玩，不慎掉到河里，被打捞上来时已经没有了呼吸，还好大人没有轻易放弃，把我放到牛背上，赶着牛快速奔跑。苍天有眼，我万幸活过来了。所以，牛是我的福星。我身边的许多亲人和朋友都属牛，虽然有的不属牛，但大多也都是"牛人"。

　　从我的经历来看似乎验证了一个道理，好像由于死过可能会活得更好些。因为死过，所以对死似乎更坦然了，没有了当年的害怕和恐怖；对生更加珍惜、敬畏和热爱，总想在生命中填充更多有意义、有价值的东西，不枉在这个世界上走一回。其实，我们的先人在创造汉字"赢"的时候，就蕴含了这一哲理。汉字"赢"，就是以"亡"字开头的，意味着没有"亡"，就不会有"赢"，"赢"就是死里逃生。对此，张朝阳明确讲到：我们的成功是建立在无数倒下去的同伴尸体上的。别的企业死了，不要停下脚步，同情一下，继续前行。柳传志谈到自己的创业体会时也认为：九成九的创业者会死在半途，经历了九死一生的创业者才能成长为企业家，为社会创造财富。带领华为走向成功的任正非对成功的解释就是："经九死一生还能好好地活着，这才是真正的成功。"

　　要赢得人生，就要有"不怕死"的大无畏精神。但是，不怕死，不意味着等死、找死和送死。汉字"死"是由"一""夕""匕"三个汉字组成的，它们都蕴含着不怕死，但不等死、不找死、不送死的深刻哲理。

　　"一"意味着地平线，"死"字只能往下写，就是说死了都要到地下的另一个世界。那个世界我们谁都不知道是什么样子，因为一旦过去就回不来了，正所谓"人生没有回程票"。因此，我们应该对能够来到这个世界上倍加珍惜，感恩父母，感恩社会；对自己的人生倍加珍惜，虽然每个人不敢都奢求"生的伟大，死的光荣"，但至少应该让你身边的人们感到由于你的存在而使这个世界更美好、更精彩！所以，我们不怕死，但不能等死，要让活着更有意义。这就需要：一是心怀大爱，因为只有爱着，才能任劳任怨、笑口常开，快乐是长寿的秘诀；二是心怀大我，因为只有大我，才能放下小我，看轻小我，舍得是快乐的秘诀；三是心怀大德，这就是感恩，只有感恩，才能无怨无悔，无怨是舍得的秘诀。在大爱、大我、大德指引下的发奋努力，不仅赋予了活的价值，而且还有可能达到《左传·襄公二十四年》所说的"死而不朽"标准，即立德、立功、立言。

"夕"就是"夕阳西下"，意味着"死"是自然规律。我们不怕死，但绝不能违背规律找死、作死。这就需要：一是认识规律。首先，生命的有限性，不允许我们恣意地挥霍青春、浪费生命，要尽早给自己一个准确的人生定位，以便规划出在人生的每一个阶段做该做的事情，今日事今日毕，如此才能做到孔子所言：三十而立，四十而不惑，五十而知天命，六十而耳顺，七十而从心所欲不逾矩。从大的人生阶段来讲，就是要：在中青年时代做到不仅没有苟且而且还有诗和远方；进入老年阶段应有"夕阳无限好"的赞美，而没有"只是近黄昏"的无奈。其次，生命的脆弱性，不允许我们恣意地残害生命，要给自己设定一个健康的生活方式。世界卫生组织的报告显示，决定个体健康的要素比例：生活方式约占 60%，环境和遗传因素占 30%，医疗干预仅占 10%。二是适应规律。首先，树立底线意识，心存底线，不去找死。比如，健康等于 1，只有拥有健康，人们才能努力工作，享受生活，而这些都是健康后面的 0，不管你在 1 后面追加了多少 0，如果 1 没了，一切都会归零。汉字生命的"命"拆开来就是"人的一口气"，活着是一口气，争的也是一口气，咽不下的往往也是一口气，要知道你的这口气是什么，不能丢，不能自毁长城，更不能被人偷走、复制走，保住这口气，就是成功，就是胜利。

其次，树立边界意识，不越生命的雷池半步。明明是飞蛾，非去扑火，还以为自己是真金。所以不要把自己看得太重，尤其是别人看重你的时候更要看轻自己，有的人往往在取得一定的成功之后太过看重自己，结果很惨。人在进化过程中没有了尾巴，你非要翘尾巴，这就是找死、作死。三是运用规律。这是要求在尊重规律的基础上发挥人的主观能动性，努力增加生命的长度和密度。俞敏洪在他们班毕业典礼上说："大家都获得了优异的成绩，我是我们班的落后同学。但是我想让同学们放心，我决不放弃。你们五年干成的事情我干十年，你们十年干成的我干二十年，你们二十年干成的我干四十年，如果实在不行，我会保持心情愉快、身体健康，到八十岁以后把你们送走了我再走。"这就是增加生命的长度，当然有了这样的励志，他也赋予自己生命更大的价值。如果从健康的角度看，现在养生的语录满天飞，但调查寿星的秘诀却是各有各的活法，甚至是针锋相对的，没有找到一个普遍的规律。原因很简单，就是每个人不是无差异的，而是异质的，本来是食肉动物，你非要劝它吃草？所以只有首先了解自己的体质，才能找到属于自己的养生之道，这就是孙子兵法所言："能因敌变化而取胜者，谓之神！"

"匕"可以用来杀人，这意味着"死"是被杀。在这个世界上，死概括起来就是两种死法：自杀和他杀。我们的先人非常智慧，一个"死"字，把死因全说明白了。我们不怕死，但不能送死。这就需要：一是知己。明白自己想做什么，能做什么，将想做能做的事做好，做到极致，而且永不放弃，这就是扬长；对自己的短板，能补则补，不能补就整，整合需要大智慧。二是知彼。知道敌人的长短，可以避其之长，攻其之短，甚至以弱胜强；知道朋友的长短，可以取其之长，补己之短，建立创新团队。三是知天。只有认知天道，才能替天行道，天道才会酬勤，这就是选择比勤奋更重要的道理。《战狼2》的巨大成功，就是在合适的时间、合适的地点，用合适的题材，弘扬了爱国主义的中国精神。四是知地。只有扎根中国大地，才能实事求是、因地制宜，能干事，干成事。前几天我有幸到河北承德围场参观学习，塞罕坝的创业者们就是根据当地的土壤、气候条件创新了植树技术和方法，使植树成活率从 8% 提高到 90% 以上，止住了"下马风"，并通过三代人 50 多年的接续奋斗，种出了 112 万亩的世界最大人工森林，创造了绿色发展的人间奇迹，成就了塞罕坝精神。以上概括起来就是孙子兵法所说的："知己知彼，百战不殆；知天知地，胜乃可全。"

以平常心　做平常事 *

　　《中国经济热点前沿》（第 15 辑）的出版，是一个值得庆贺的日子，因为我和我的团队 15 年忠贞不渝，坚持不懈，胜利地迎来了第一个十五的"圆月"。花好月圆，这是多少人追求向往的美好梦境，也是多少文人墨客吟诗作画的绝佳意境。

　　可是，现实中却是十五的月亮十六圆，那为什么不把正月十五、八月十五这些月圆日定在十六，而偏偏放在十五呢？我想这不是先哲们错了，而是体现了中华文化极其深邃的伟大智慧：最接近圆满的恰恰是最圆满的。除此之外，在"二十四节气"中，有小暑大暑、小雪大雪、小寒大寒，唯独只有小满而没有大满。这就是取义不要"太满"；就"人"而言，同样也体现这一哲理，如通常认为"人无完人"，对人不能求全责备，人毕竟不是神，这就是为什么敬人的地方称为"庙"，敬神的地方称为"寺"；就生活习俗而言，也同样如此，如待客要酒七茶八，满了就会对客人不敬，有"酒满欺客、茶满饮牛"的说法；就健康而言，养生一般要求吃饭吃

---

*《中国经济热点前沿》（第 15 辑），经济科学出版社 2018 年版，前言。

到七成饱，太饱了容易伤身；等等。

为什么不取"最圆"，不要"太满"，就是因为"水满则溢，月盈则亏。"事情做过头了，就会走到事物的反面，也就是物极必反。这就可以理解儒家思想为什么倡导"中庸"，要求把握好做人做事的"度"，甚至《尚书·大禹谟》曰："满招损，谦受益，时乃天道。"既然是天道，那就不可违，因为"道法自然"。只有遵从"天道"，"天道"才会"酬勤"。这就成为"做人""做事"的自然法则。

"做人"一定要谦虚。谦虚作为一种品质是发自内心的一种自然表达，体现为童心、童趣、童真。这和年龄无关，即使年龄大了、老了，同样可以成为"老顽童"。

童心，就是好奇、好学。只有怀着一颗童心，才能虚怀若谷，才会见贤思齐，才会三人行必有我师。所以，毛泽东同志指出，"谦虚使人进步，骄傲使人落后。"只有"好好学习"，才能"天天向上"。一旦骄傲自满，自以为是，就会"大意失荆州"，甚至"霸王别姬"！要做到好奇、好学，必须清空内心，达到"无我"和"忘我"的境界，正所谓"空"就是"有"。要做到终生好奇、好学，就要永葆童心，天天都是"儿童节"。

童趣，就是凡人、凡心。平凡才会有趣，有趣才会喜乐，喜乐才会生情，这就是"情趣"。一个有情趣的人，自然就会产生强大的"磁场"，从而成就不平凡的人生。汉字"赢"告诉我们：要想"赢"，必须"凡"。因为"赢"字由"亡、口、月、贝、凡"五个汉字组成，作为压轴的汉字就是"凡"。伟大寓于平凡。要成为一个凡人，拥有一颗凡心，就一定要看"轻"自己，以平常心，做平常事。当然，看"轻"自己，不是看不起自己，而是在强大自信基础上的淡定、淡泊、淡然，甚至复星集团董事长郭广昌谈到自己做企业的心态时说道："做小企业就是做一小部分人的孙子，做中型企业就是做更多人的孙子，大家做大企业就得做所有人的孙子。"敢于以"孙子"的心态做企业，比把客户看作是"衣食父母"的经营理念更有凡心。

童真，就是真心、真情。有"真"才会有"诚"；有"诚"才会有"信"。诚则通达，信则久远。用真心、真情对待自己，就要"随心而动，爱你所爱，行你所行，无问西东"，活出真实的自己，就会有"用真情换此生"潇洒一回的豪气，有"任你虐我千百遍，我依然待你如初恋"的坚守；用真心、真情对待别人，就是善良，就会"己所不欲，勿施于人"，达到"不以善小而不为，不以恶小而为之"的境界。

"做事"一定要有度。有度作为一种能力是源于自然的一种和谐，体现为顺天时，适地利，有人和。《孙膑兵法·月战》甚至认为，"天时、地利、人和，三者不得，虽胜有殃。"

顺天时，就是与时俱进。这就需要认识我们所处的时代，顺应我们所处的时代，最终达到引领我们所处的时代。达尔文在《物种起源》中描述自然选择时说：最适合生存的是那些能调整自己以适应改变中的环境和新的竞争的物种。同样，安东尼和尼汀在研究了美国历史上 1000 位成功的 CEO 后得出结论："最卓越的领导者有着不可思议的理解他们所处的时代背景，并抓住时代赋予的机会的能力"。这就是认识时代和顺应时代。要引领时代，就必须在认识和顺应时代发展变动规律的基础上，领先半步，抢占风口，达到"众人皆醉我半醒"。比如，股神巴菲特之所以屡战屡胜，就是掌握了经济运行的周期变动规律，依据经济周期安排企业的投资和运营，如他说"每隔十年左右，乌云将会笼罩在经济的天空中，它将带来一场短暂的黄金雨。当这种情况发生时，我们必须要带着洗脸盆出门，而不是茶勺。"又如，人工智能的发展对人类提出了前所未有的颠覆性挑战，据麦肯锡预测：到 2055 年全球大约一半的工作活动会实现自动化，因而霍金预言，人工智能的完全开发"可能导致人类的灭绝"。人工智能的开发已成为世界发展的大趋势，那么我们就需要考虑今天学什么，怎么学，将来靠什么安身立命？

适地利，就是因地制宜。这就需要把一般规律与具体实践相结合，走最适合自己的路。我国之所以能够创造世界经济发展的"中国奇迹"，就是因为走出了中国特色社会主义道路，正如习近平总书记指出的："当代中国的伟大社会变革，不是简单延续我国历史文化的母版，不是简单套用马克思主义经典作家设想的模板，不是其他国家社会主义实践的再版，也不是国外现代化发展的翻版。"大到一个国家是如此，小到一个企业和每个人也都是如此。例如，著名企业家王永庆认为，"一位成功企业家最失败的做法，就是让拿了美国 MBA 的儿子来接管自己的企业。"同样，马云也认为，我看到很多人去学 MBA，但回来时都变蠢了。他们为什么会持有这种观点，汉字"路"揭示了其中的原由。"路"是由"足"和"各"两个字组成的，这就意味着所谓路，就是由各自的脚走出来的。道路决定命运。

有人和，就是共建共享。这就需要正确认识自己，摆正自己，以包容之心、共识之基构建"命运共同体"。所以，"人贵有自知之明"。自知之明，就是要了解自己的长处和短处，做到扬长避短，把长处发挥到极致，以己之长补别人之短，或用别人之长补己之短，组建"梦之队"。自知之明，就是要了解一己之力的弱小，为了一个共同的目标，团结一切可以团结的力量，"君子和而不同，小人同而不和"，通过分工协作搭建合作平台，平台很重要。如天猫双 11 首个破亿品牌花费的时间，2015年为 11 分 56 秒；2016 年为 2 分 53 秒；2017 年仅仅用了 35 秒，35 秒销售额达到一亿元，如果没有互联网平台，这是不可想象的。自知之明，就是要了解自己会随着时间的变化而不断成长，团队、平台也应随之升级。比如，10 年前，我第一次到西藏，高原反应非常严重，而且还患了感冒，虽然坚持走完全程，但回京后出现严重脱发等后遗症，当时认为自己以后不可能再进藏。2015年我调任中央民族大学校长，服务民族地区和少数民族是中央民族大学的天职，2017年挑战自我第二次进入西藏，在拉萨曲水县挂牌教学科研实习基地，非常意外的是，我的高原反应轻了许多，增强了自信心。2018年第三次到西藏与西藏自治区齐扎拉主席签订校地战略合作协议，高原反应好像没有了。2018年8月，我到四川稻城亚丁，从海拔4000米的高度步行爬山，一直爬到海拔4700米的高度，来回整整步行了10公里，而且晚上还熬夜赶稿子，没有问题。虽然今年我已过花甲之年，但我还是相信：只要敢于有"度"的尝试和挑战，人老了同样可以成长。所以，永远不要放弃成长。

与青春握手

进入"高阶" 实现降维打击 *

一位长者的微言大义

《中国经济热点前沿》（第 16 辑）终于出版了！

今年本书的出版比 2018 年稍晚了一些。主要是因为：一方面随着自己的年龄 60 有 2，体力和精力下行压力加大；另一方面，2019 年大事多、难事多，特别是新中国 70 华诞，我有幸到天安门广场观礼台亲眼目睹"十一"阅兵和群众游行，亲身参加晚上盛大的广场联欢晚会，以及之前的多次演练。解决这些大事、难事，虽然花去了不少的时间，但这却成为我受益终生的难得经历和刻在骨子里的美好记忆。

还有一个多月，2019 年就将顺利度过。

度过，让我深切感受到了"岁月如梭"，弹指一挥间的无奈。不经意间我已跌进了全国 2.49 亿老年人的队伍，成为减弱中国人口红利的一位积极分子，特别是当我拿到"老年证"的那一瞬间，更加感慨岁月的无情。岁月虽然可以无情地减弱我的体力和精力，但却不会动摇我的心力和毅力，反而更加激励我努力增加自己时间的密度。近一段时间，为了尽快

---

*《中国经济热点前沿》（第 16 辑），经济科学出版社 2019 年版，前言。

赶出本书，我经常熬夜或早上四五点钟起来写稿，即使住在医院的时间都不轻易放过。

顺利度过，让我体会到 2019 年虽然大事多、难事多，但只要认真、努力、坚持，大事、难事也都不是事，都能干成、干好。正如过去常说的：困难像弹簧，你强它就弱，你弱它就强。当然，任何事情都是有边界的，上不要触高压线，下不能越底线，左右不可碰红线。一旦越出边界，真理就会成为谬误。

"16"，通常大家都把它看作为吉利数字，寓意是"要顺"。顺，对不同年龄段的人而言，内涵和诉求是不一样的。

对中青年人，要做到三顺：顺心，即听从党和国家的召唤，爱你所爱，行你所行，随心而动，无问西东；顺人，即遵从以人民为中心的发展思想，共建共享，共建共赢，美人之美，美美与共；顺天，即顺从天人合一的自然法则，尊重规律，尊重自然，替天行道，天道酬勤。

对于老年人，孔子曰：六十耳顺。"耳顺"不是"顺耳"！"顺耳"，就是你只愿听顺耳的话，由于"忠言"往往会"逆耳"，如果不愿意听，长此以往，就可能听到太多的"谎言"或"胡言"。当然，这并不是不能说顺耳的话，只要是真话、实话，顺耳的话也应该说，必须说，这是"实事求是"。那么，孔子所说的"耳顺"是什么意思呢？我理解就是心静。

要做到"耳顺"，必须达到"心静"，心静自然凉，就无所谓"顺耳"和"逆耳"之言了，就能耳听八方，通达四海。那么，什么是"心静"呢？常言道，"树欲静而风不止"。这意味着树想静而不能静，是因为树在风中，也就是树和风在同一个时空中。所以，心欲静，必须不在风中，这就需要将心提升到更高的境界或时空中：既在风中，又不在风中。系统动力学奠基人杰伊·佛瑞斯特有句名言："大部分人都只能理解第一阶效应，只有少数人会很好地考虑第二阶和第三阶效应。然而不幸的是，实际上企业真正有趣的事情，都存在于第四阶效应或者更高层次的效应。"如果我们能够悟到第四阶或更高一阶的效应，我们就可以对风进行"降维打击"，成为风的主人，而不为风所动。

如何才能悟到第四阶或更高一阶的效应？这就要"用心"。"悟"是"心"和"吾"两个字组成的，即"用心"是用自己的心，是自我的修养、修炼，这就要"读万卷书，行万里路"，学习别人的经历，积累自己的经历。经历就是财富，就是成长。正所谓"曾经沧海难为水，除却巫山不是云"。这就可以理解为什么孔子要求三十而立，四十不惑，五十知天命，到六十才能做到耳顺。所以，世上没有白费的努力，不是不报，是时候未到。

我的老师卫兴华教授今年"十一"新中国70华诞之际获颁"人民教育家"国家荣誉称号，并成为"最美奋斗者"；前几天又因与洪银兴教授、魏杰教授共同创立社会主义经济运行机制理论而荣获"中国经济理论创新奖"。这些荣誉不仅标志着他在中国经济学界树立了一座丰碑，更重要的是他为我们这些后学树立了学习的榜样。依据我和他相处30多年的亲身经历和体验，他之所以能够取得今天的国家最高荣誉，除了他的智慧、勤奋等因素外，还在于他真正做到了"心静"。

一是不为年龄所动。卫兴华教授生于1925年，1952年中国人民大学研究生毕业留校任教，但仅经历了短暂的教学和科研，便被"反右"，特别是"文革"干扰和打断。他真正教学科研的春天是从改革开放开始的，然而此时他已经50多岁，但他却像年轻人一样投入到经济学的教学与科研中。几乎天天熬夜，基本不睡午觉，没有节假日，奋笔疾书，著书立说，至今已发表了1000多篇学术论文，几十本著作，更为不可思议的是，在他近90岁高龄的时候，不幸查出肺癌，但他仍然以积极乐观的态度，笔耕不辍，每年发表的学术论文数量不仅在中国人民大学经济学院无人能及，而且在全国经济学界都名列前茅。年过九旬后，他还坚持每天学习工作不少于 8 小时，勤学、勤思、勤写。为此，他说：有人说我们这个年龄的人是发挥余热，不对，我还在燃烧呢！今年 4 月已近 94 周岁的他，因感冒引起肺衰，但他却打破了医生的预言，奇迹般地痊愈出院。在出院后的一个多月时间里，他又写了两篇文章在《人民日报》发表，并对马克思的"重建个人所有制"著名论断在学术界的误读进行澄清，直至 8 月 5 日晚上还为杂志约稿写作，8 月 6 日凌晨被送到医院抢救。真正诠释了"生命不息，战斗不止"的斗争精神。

二是不为风向所动。卫兴华老师始终秉承研究真问题，真解决问题，为人民大众求真理的科研精神从事经济理论的研究，按照他的话就是：不唯上，不唯书，不唯风，只唯实，践行实事求是的科学态度。他作为国内顶级的《资本论》研究专家，并没有把马克思的话作为用来背诵的僵化不变的教条，对于经过实践检验是正确的基本理论和方法始终加以坚持，而对在实践中证明是过时的个别结论加以发展，甚至对《资本论》中存在的个别问题敢于明确指出并加以改正。对于国内研究《资本论》中出现的一些问题，无论作者职位多高，亲疏远近，他都敢于明确指出来，期望通过严谨的科学争论澄清是是非非。这些真正体现了亚里士多德的名言"我爱我师，我更爱真理"的求索精神。

三是不为物质所动。卫兴华老师研究劳动价值论、拜物教、商品经济，但他自己却始终没有被拜物教所俘虏。他总是反复强调：政治经济学不是供给我们牛奶的奶牛，而是需要认真热心为它工作的科学。2015 年他获得第四届"吴玉章人文社会科学终身成就奖"，他把获得的 100 万元奖金捐赠出来奖励在社会主义经济理论与实践研究中做出贡献的学者；今年刚刚获得的"中国经济理论创新奖"的 100 万元奖金又捐赠出来设立基金，用于奖励在理论研究中有创新的学者。真正展现了"我将无我，不负人民"的崇高境界。

　　榜样的力量是无穷的，愿我们能够追随榜样，做最好的自己，无愧于做他的学生。

不经风雨　何以见彩虹 *

《中国经济热点前沿》（第 17 辑）终于又回归红五月送交出版社出版了！继《2019 中国经济热点排名》发布会如期在 2020 年 1 月 5 日召开、《2019 年中国经济热点排名与分析》报告在《经济学家》2020 年第 5 期发表、2019 年中国经济热点数据进入数据库，每年确定的中国经济热点"五个一工程"就完成了四个。

今年第"17"辑的数字谐音是"要起"，是个吉利数。许多人为了得到手机号、车号、房号等吉利数字，甚至不惜花费重金，就是为了图个吉利。但是，理想很丰满，现实很骨感，吉利数字不一定必然能够带来吉利和顺利，如"8"的谐音是"发"，可是我国这些年来逢"8"就不发，经济社会发展次次都会遇到大风大浪；而不吉利的数字往往不一定不吉利，如"4"的谐音是"死"，好像不吉利，可是这些年来逢"4"一般都比较吉利。

今年"要起"，不但没起，反而遇到大困难。

从国家的层面来看，突如其来的新冠肺炎疫情，对我国经济社会发

*《中国经济热点前沿》（第 17 辑），经济科学出版社 2020 年版，前言。

展造成了严重冲击，今年第一季度经济增长下降了 6.8%，是 1992 年开始公布季度 GDP 数据以来的首次负增长。虽然我国发挥社会主义制度的显著优势，在较短时间内迅速控制了疫情，复工复产取得明显成效，稳住了经济发展的基本盘，但是，"六稳" 和 "六保" 工作仍然面临巨大压力，加之，新冠肺炎疫情在世界许多国家的爆发和蔓延，不仅对我国的产业链和供应链造成冲击，而且逆全球化和极端民族主义的兴起对我国的经济社会发展更是雪上加霜。我国必须在疫情防控常态化的条件下寻求经济社会的高质量发展，可谓是 "难上加难"。

从我个人的层面来看，除了新冠肺炎疫情的冲击外，继去年 12 月我的本科生毕业论文指导教师、人民教育家国家荣誉称号获得者卫兴华教授不幸辞世后，我的博士生导师，原北京大学校长吴树青老师在今年 1 月也驾鹤西去，短短一个多月的时间内，我痛失两位亲爱的导师。至此，我的前行再无导师引领，令我无比的悲伤。此外，我自己在今年 1 月入院做了一个小手术，虽然虚惊一场，但也敲响警钟，可谓是 "祸不单行"。

何为 "要起"？从理论上讲，孟子早就说过："故天将降大任于斯人也，必先苦其心志，劳其筋骨，饿其体肤，空乏其身，行拂乱其所为，所以动心忍性，曾益其所不能。" 这就意味着，只有在经历了一系列的打击、挫折和磨难后，才能担当起历史大任，完成肩负的历史使命；从实践上讲，华为面对美国的全面绞杀，也发出了同样的声音："没有伤痕累累，哪来皮糙肉厚，英雄自古多磨难。" "回头看，崎岖坎坷；向前看，永不言弃。" 所以，真正意义上的 "要起"，恰恰是经历了磨难后的雄起，经历了风雨后的彩虹！

为了 "要起"，就需要做到：

一是扛得起。面对重任，要拿得起，敢担当，善作为，只要需要，就冲锋向前，有 "舍我其谁" 的大无畏精神。在突如其来的新冠肺炎疫情大考面前，我们的院士成为勇士，护士成为战士，战士成为斗士，谱写了一曲护佑人民生命和健康的英雄史诗。

二是赢得起。面对困难，要硬得起，敢打拼，善运筹，只要必须，就坚韧不拔，有"一条道走到亮"的韧劲。华为在美国实施全面断供的重压下，没有被困难所吓倒，吹响了"除了胜利，我们已经无路可走"的集结号，而且为了胜利，在5G技术领先美国的情况下，仍然表示要虚心向美国的一切先进技术学习，展现了一个中国企业为中华民族伟大复兴的英雄豪气。

三是输得起。面对挫折，要受得起，敢经历，善转化，只要不死，就越挫越勇，有"纵你虐我千百遍，我仍待你如初恋"的初心。面对疫情和转型带来的种种困难，即使许多中小企业倒下去了，企业家们同情一下，继续前行，在艰难中求生存、求发展，为国家扛起50%以上的税收、60%以上的GDP、70%以上的发明专利、80%以上的就业岗位、90%以上的新增就业，验证了中国特色社会主义基本经济制度的显著优势。

本书的写作能够坚持到第17辑，在一定意义上就体现了"要起"的精神要义。当初，北京市社科联的领导想组织编写一批展现各个学科理论进展的丛书，但结果只有我们扛起来了，而且一扛就是17年，过程中累过、苦过、彷徨过，但我们赢得起，更输得起，成为学界的唯一，我为团队骄傲！

爱事业

与 青 春 握 手 | Love Your Career

因为爱着，我们幸福在经济学的殿堂里；
因为快乐着，我们选择了研究者的生活。
愿我们的爱，演化一种光荣；
愿我们的生活，实现一个梦想。

| 与青春握手 | 一位长者的微言大义

Shake Hands with Youth

爱我所爱　无怨无悔 *

经济学是一门令人激动、快乐、富有的学科，对此，我曾这样写到：

"我们徜徉在经济学的天地……经济学的实践性，使经济学研究能够挑战人们的智慧，从而研究者有机会享有超越自我极限的快乐。经济学的选择性，使经济学研究能够百花齐放，从而研究者有机会享有思想交锋的激动。经济学的实用性，使经济学的研究成果能够更新人们的思想并转化为生产力，从而研究者有机会享有收获的喜悦。这就是经济学的殿堂，经济学研究者的生活和快乐。

因为爱着，我们幸福在经济学的殿堂里；因为快乐着，我们选择了研究者的生活。愿我们的爱，演化一种光荣；愿我们的生活，实现一个梦想。"

因此，把经济学研究者们的这份快乐和激情用文字记载下来，让更多的人以更容易的方式分享这份快乐和激情，就成为我的一个小小愿望。

摆在读者面前的这本《中国经济热点前沿》（第 1 辑），就是我实现这一愿望的一种尝试。愿读者能够从中领略到研究者们超越自我极限的快乐、思想交锋的激动以及收获的喜悦。当然，我们也希望因本书对

---

*《中国经济热点前沿》（第 1 辑），经济科学出版社 2004 年版，前言。

经济学理论和实践的积极作用，而使我们有机会享有收获的喜悦。

创新是一个民族的灵魂，也是经济学的生命力之所在。因为经济生活在发生着日新月异的变化，经济学的实践性，就要求经济学必须不断地创新。但经济学的创新，不可能离开经济学发展的文明大道，而必须建立在已有的经济学文明成果的基础上。因此，对已有经济学文献包括国内文献和国外文献的系统梳理，就成为经济学创新的基本前提。

经济学的创新之所以要以文献的系统梳理为基本前提，就是因为任何理论的创新，都需要对该理论的发展前沿有准确的把握。如果你不知道别人已经完成了什么，不知道理论演化到了什么程度，现有的理论有什么局限性，那么你就不可能达到真正的理论创新。理论创新不是自己坐在屋子里凭空想象出来的，而是在对现有理论的批判中和在解决理论与实践的矛盾中实现的。否则，就会出现这样的笑话：自己以为探求到了经济学的真理，实际上别人早已完成了，只是你不知道而已。

本书的工作就是努力对已有经济学文献进行系统梳理，我希望通过这一工作，达到以下两个基本目的：一是为经济学的研究或者理论创新提供一个比较全面和系统的研究成果基础，或至少是一个研究资料的基础，使研究者一书在手，就可以非常简单、容易地浏览到经济学研究的最新前沿资料，省去了自己查找的麻烦、综合的麻烦，从而节省大量的研究时间和精力。从这个意义上说，本书是经济学研究者的必备工具书，也是经济学教学的必备参考书。二是为经济学的研究或者理论创新提供一种研究规范。通过这种规范，锻造出一个经济研究的平台，或者说一个经济研究的新起点，使大家能够在这个新的平台上或者新的起点上推进经济学的进一步创新，从而减少经济学的重复研究。这不仅有助于优化研究资源的合理配置，实现经济学研究的帕累托改进，而且有助于建立一个客观的科研成果社会评价机制，激励经济学研究的不断创新。

互补共生　跨界创新 *

　　我学的是经济学，教的也是经济学，研究的还是经济学，在近 30 年的学习、教书和研究中，自认为是彻头彻尾的畸形化的人。当本书（《新人间美学》）的作者张涵教授约我为本书写序时，我顿感茫然不知如何作答。虽然西方著名哲学家、美学家克罗齐积一生研究之体会，忠告当代人美学和经济学是"两门卓越的世俗科学"，但我还是不敢认同。在我的感觉中美学应该是"雅"的，经济学却是一门"世俗科学"。所以，让一位搞"俗"学的人谈"雅"，确实好像有点开我的玩笑。

　　但当我翻开书稿，看到作者提出了美学与经济学在新世纪联姻的主张，给了我观念上的冲击，似乎我这个在"世俗科学"中苦苦探求的人也看到了一点"雅"的曙光。作者倡导大美学观与大经济学观的"互补共生"，坚持客观的自然规律、经济规律与美的规律三者的统一，并认为进入 21 世纪，遍布物质生活领域和精神生活领域里的个性化、审美化趋势，必将进一步得到深化与强化，这都为当代经济美学新学科的建构，提供了充足的条件、契机与动力。作者还提出了"大审美经济"的概念，

---

* 张涵：《新人间美学》，中国青年出版社 2008 年版，序。

并认为大审美经济正在崛起。这些观点，细想起来确实是有道理的。

纵观经济发展的历史进程，确有一个不断向精神、文化层面演进的趋势。例如，我们已经进入品牌时代，品牌就是市场，品牌就是竞争力，但品牌的一半是文化。全球资深品牌设计专家菲欧娜·吉尔摩女士就说道："一些品牌之所以能享誉全球，除了有知名度，更在于它们有深层次的文化认知度。"所以，消费者选择品牌越来越多地取决于精神感受，对品牌的选择就是对这一品牌所蕴含的文化，所张扬的个性，所象征的生活方式的认同。这也正是品牌时代又被称为符号主义时代和感觉主义时代的原因。又如，企业创造财富的源泉，依赖的越来越不是它所拥有的有形资产，而是无形资产。根据麦肯锡的报告，《财富》杂志排名前 250 位的大公司，有近 50% 的市场价值来自无形资产。安永会计师事务所的研究报告称：无形资产上升是一个根本性的趋势，也是决定竞争成败的重要因素。正是基于精神、文化因素在经济发展中起着越来越重要的作用，联合国教科文组织认为，"21 世纪将是文化角逐力的时代"。经济向文化领域的延伸，就为经济学与美学的结合创造了基础和条件，也为用美学的方法研究经济开辟了处女地。

当然我说这些的目的，并不是要鼓吹许多人都不喜欢的"经济学帝国主义"，而是鼓励跨学科的研究，倡导开辟新天地的理论创新精神。

想到这些，我就大着胆子为本书作了以上不知道是否能称得上序的序。

以心悟道　以言立说 *

我作为希望集团成长的崇拜者、探究者，以及陈总的朋友，对希望集团 30 华诞表示热烈的祝贺，衷心祝愿希望集团未来 30 年更加辉煌。

一家企业，能够健康成长 30 年，实属不易！据统计，即使在美国，寿命超过 20 年的企业也仅有 10%。在中国这样一个制度转型和经济转型的国家，作为一家民营企业，能够 30 年根深叶茂，更加不易！因此，解开希望集团的成功"密码"，不仅有利于希望集团在未来成长进程中坚守和发扬这些原则，而且有助于整个中国民营企业的成长，以至于所有企业的成长。

陈总是希望集团的创立者和 30 年成长的一位引领者，希望集团成长的每一步都凝结了陈总的心血，希望集团的一草一木都注入了陈总的爱。作为一位仁者、智者，能够在希望集团 30 年华诞之际，敞开心扉，泄露希望集团成长的"天机"，对中国的企业家、企业研究者们，真是莫大的福分！

我认认真真地拜读了陈总这本大作（《管理的民间艺术》）的样稿，

* 陈育新：《管理的民间艺术》，中国铁道出版社 2011 年版，序。

深为书中的智慧所折服。本书的最大特点在于其是来自实践中的感悟，正如陈总所言，"不管文章写得如何，其中的字里行间，都铭刻着我们企业发展坚实而清晰的脚印。"其实，企业经营之道的"道"字，就是在走之上加一个"首"字，意思是，用脑袋想出来的路才是"道"。所以才有"道可道，非常道"一说。在"道"前面的动词是"悟"，称为"悟道"。"悟"的写法是"心"＋"吾"，即自己的心，所以"悟道"就是用自己的心去悟道。本书作为陈总企业经营实践中的所感所悟，必是"真知"。更为重要的是，它不是毕其功于一役，而是日积月累长期升华的结果，这就使这个"真知"显得更加珍贵！此书不读，实为憾事！

《左传》曰："太上有立德，其次有立功，其次有立言，虽久不废，此之谓不朽。"陈总将30年企业经营实践的所感所悟，用"反差思维"这一基本框架结集成书，这显然是"立言"。"立言"的目的，不是为自己"树碑"，而是以救世之心，将"真知"惠及众人，使那些在黑暗中摸索的人们能够得到阳光的照耀，让更多的人"活"得更好。"活"字是三点水，加一个舌头的"舌"，我们的先人非常伟大，非常智慧，这是告诉我们，要活着，靠什么？靠舌头。舌头的主要功能是什么？当然是说话！"立言"，不仅可以让自己的思想永远活着，也可以帮助别人更好地活着，这也是积德行善。

陈总已经把一个"总"字淋漓尽致地展现出来！这个"总"字，下面的基础是一个"心"字，这就告诉我们作为老总必须要用"心"想事，用"心"悟道，负起领导者的责任，不会悟不行；在"心"字上面就是"口"字，这就告诉我们想明白了就要说，不会说不行；"口"字上面是两个渠道，这就告诉我们：一是要说给社会，让社会认识你，认同你，支持你；二是要说给团队，让团队具有执行力、战斗力。有了社会的认同和支持，有了团队的执行力和战斗力，这个企业定将基业常青！

再续前缘　回报辽大 *

尊敬的各位前辈、领导、老师们：

大家下午好！

刚才省委组织部领导宣读了对我的任职决定，并发表了重要讲话，对辽宁大学班子建设和未来发展提出了殷切期望与要求。我深知：给予我这一重任，对我这样一个没有高校校级领导工作经验的人来说，是省委省政府对我的莫大信任，同时也是一份沉甸甸的责任。

我与辽大有缘，辽大是我事业的福地。2004 年我是在辽大成为教育部首届人文社会科学长江学者特聘教授，成为我学术生涯中的一个重要标志。在辽大工作学习的三年，是我至今仍然难以忘怀的幸福时光。在这里，我得到了各位校领导的亲切关怀，各位师长、老师和同学们的指导和关爱，使我倍感辽大这个大家庭的温暖，并把自己融入了这个集体，甚至口音都带点辽宁味儿。长江学者三年到期后，因为人大与辽大的事先约定，我返回人大。但我依然心系辽大，时常把自己看作辽大人，尽己所能为辽大做些工作。

---

* 2011 年 6 月 7 日在辽宁大学任职的发言。

今天，在离开辽大三年之后，我又回到了辽大，再次成为辽大的一员。此时此刻，我为能成为辽大人深感荣幸。这是因为，这里有令我尊敬的领导和师长；有值得我学习的良师和益友。能够和你们一起共同建设辽大的未来，是我的一种幸福。特别是近 10 多年来，在程伟校长的正确领导下，在全体师生的共同努力下，辽大校园建设令人惊叹，风貌别具一格；学科建设取得辉煌成就，一批学科进入国家前列；队伍建设长足发展，涌现出一批拔尖人才；整体办学实力进入全国省属高校的第一方阵。辽大有了可以让你大有作为的良好环境和巨大平台，人生能有这样一个平台，更是难得的幸运。

更重要的是：今天我成为辽大人，也给了我一次报效辽大的机会。我将心怀感恩之心，尽心尽力，和全体师生一起，建设好辽大。

当然，我也深知：就我现在的学识、经验和能力，要挑起组织上给我的这份重担是远远不够的，但我有信心不辱使命。这是因为：第一，有省委和省政府的正确领导，这是我做好工作强大的领导保障。第二，辽大有了一个团结奋进、想做事、能做事的领导班子，特别是老校长程伟书记继续为我们掌舵，我们倍感踏实。程伟书记在任校长的 10 多年中，把自己全部的心血和智慧都无私地贡献给了辽大，他那种对辽大的挚爱，以及由此迸发出来的工作激情和态度，是我们宝贵的精神财富和学习的榜样。我将严格遵守党委领导下的校长负责制，带领行政班子，精诚团结、勤勉尽责。第三，程伟书记多年来言传身教，带出了一个有执行力和战斗力的行政班子，他们有经验、有能力、有朝气。我将迅速融入这支团队，相互学习，相互支持，取长补短，不断提升工作素质和能力。第四，有全校 2000 多名关心辽大、热爱辽大的教职员工，我将一如既往地发扬我校的优良传统，关爱教职工，调动大家的积极性、主动性和创造性。有了全体教职工的支持和厚爱，我们的工作就会更加顺利。第五，辽大有 10 多万广大校友这一雄厚的社会资源，发挥他们的积极性，是辽大快速发展的重要动力。

各位领导、师长、老师们，今年是"十二五"的开局之年，辽宁省迎来了历史上发展最好最快的新时期，努力把辽宁省建设成为中国经济增长第四极的重大任务，为辽大的大发展提供了肥沃的土壤和难得的历史机遇，我们将以我们的知识服务辽宁，造福辽宁，在服务辽宁中不断提升辽大的作用和影响力。

同样，在"十二五"期间，辽大也已进入历史上最好的发展时期。让我们在校党委的领导下，努力践行科学发展观，紧紧围绕辽大"内涵发展"这一主线，大力推进学科建设、队伍建设和人才培养，多出精品，多出人才，为早日把辽宁大学建设成为人才培养质量上乘、学科建设特色鲜明、整体办学实力国内先进、具有重要国际影响的高水平大学做出应有的贡献，不辜负省委省政府的重托，不辜负辽宁大学全体师生的希望，不辜负广大校友，以及关心辽大的领导、朋友们的期盼。

最后，请允许我代表新一届行政班子，向程伟书记在任校长期间为辽宁大学改革与发展所做出的巨大贡献，表示深深的谢意！

结缘民大　践行美美与共 *

尊敬的各位领导、老师们、同学们：

大家好！

刚才鄂书记代表国家民委党组宣布了对我的任命，丹珠昂奔副主任发表了重要讲话，并给予我鼓励。从今天开始，我就成为中央民族大学的一员，为此我倍感荣耀。

中央民族大学是我国唯一的"985"民族高校，是中国民族教育的最高学府和排头兵，是培养少数民族杰出人才和民族团结表率的摇篮，历届党和国家领导人都给予了民大极高的重视和荣誉，建校以来，大师名流云集，杰出校友荟萃，民族学等学科在全国名列前茅。这些都充分体现了民大所具有的特殊地位、鲜明特色和强大实力。

加入民大，对我来说是一种缘分。我虽然不是少数民族，但在内蒙古呼和浩特市上的小学和中学，1975 年从军还驻扎在内蒙古，1979 年又从内蒙古考入中国人民大学。我是从民族地区走出来的，从小生活在民族文化的氛围中，受到民族团结的良好熏陶，对民族地区具有深厚的感

---

* 2015 年 4 月 20 日在中央民族大学任职的发言。

情。中国有句古话叫"落叶归根"，我从民族地区出来"北漂"了几十年，今天虽然没有回到民族地区，但却来到了民族大学。

我虽然今天才加入民大，但我的名字早在 10 年前就与民大连在了一起。那是 2004 年，我与中央电视台等单位联合推出了《中国百姓创业调查报告》，当时我在中国人民大学，但媒体在报道时，却阴差阳错将我的单位写为中央民族大学，大家可以上百度搜一下，至今还被广泛浏览，产生了较大较长时间的影响。10 年前看似的梦话，今天却变成了现实。我想，这可能是命运的安排。

当然，真正使我和民大从缘分走到一起的是国家民委和民大。我衷心感谢国家民委的各级领导对我的信任和支持；感谢民大的各级领导、广大师生员工和离退休老领导、老教师们对我的信任和包容；感谢广大校友们的信任和鼓励。

我深知：信任的背后就是责任！我已感到肩上沉甸甸的担子，特别是我从地方到中央，从"211"到"985"，面临的压力更大。为了不辱使命，我将努力做到：

1. 精诚团结。"五十六个民族五十六朵花，五十六族兄弟姐妹是一家。"民大是培养民族团结表率的摇篮。民大领导班子的团结，理应放到民族团结的高度去认识、去实践，在培养民族团结表率的过程中身体力行。为此，我将认真贯彻执行《关于坚持和完善普通高等学校党委领导下的校长负责制的实施意见》，充分尊重鄂书记，团结行政一班人，努力营造和谐的工作环境和氛围。

2. 认真学习。民大的鲜明特色就是民族特色。办好民族大学，就必须要认真学习民族理论与政策，熟悉民族文化与习惯，尊重民族传统与风俗，将高校办学的一般规律与民族特色结合起来，探索民族特色的办学道路和理论，绝不能"用一张旧船票，登上新的客船"。

3. 务实工作。民大在新常态下将面临新的发展机遇，我将在国家民委的指导下，在以鄂书记为班长的党委领导下，团结行政一班人，永葆童心，这是激情之源；拥有爱心，这是奉献之根；对己狠心，这是效率之要；常怀戒心，这是行为之法。我将为建设世界一流民族大学做出自己的最大努力，不辜负各级领导、老师们、同学们、校友们对我的信任和支持。

　　最后，请允许我对陈理校长表示深深的敬意！您优秀的办学理念和做法我会继承，您丰富的办学经验我会讨教。希望您在离开校长岗位后，继续关心和支持民大的发展。祝您身体健康，精神愉快！

　　谢谢大家！

随心而动　顺势而为　静待花开 *

我从事的专业为政治经济学，研究方向为中国经济改革与发展。2004 年受聘到辽宁大学做教育部长江学者特聘教授三年，跨界到国民经济学专业。虽然两个专业分属理论经济学和应用经济学两个不同的一级学科，但二者极其相近，边界到现在学界还没有一个明确的界定。我的专业偏重理论，但选择的研究方向却偏向实际，这是因为我试图走理论与实践相结合的学术发展之路，为构建体现中国特色、中国气派、中国风格的中国经济学做出自己的一点努力，这也形成了我的学术风格和特点。

一、个人简历

1975 年我投笔从戎，成了坦克兵。1977 年我国恢复高考，点燃了我们这一代人的大学梦，1979 年 2 月从部队复员回家准备高考。1979 年 9 月幸运考入中国人民大学经济系，开始学习政治经济学，并先后完成本科、硕士、博士学位课程学习，1988 年留校任教。从此，经济学的教学和科研成为我的终身职业，并以此为荣。在这期间，无论外部世界出现多少

*黄泰岩：《探求中国经济学之路》，经济科学出版社 2020 年版，学术自序。

和多大诱惑，我一直不离不弃，坚守在经济学科研、教学和服务社会的前沿阵地上，战斗了几十年，也算取得了一些成绩，可以说是"天道酬勤"吧。

1. 个人经历和学术称号：1988 年博士毕业后留校任讲师，1990 年被特批为副教授，1992 年被特批为教授，1993 年被国务院学位委员会特批为博士生导师，同年享受国务院政府特殊津贴。1991 年被国务院学位委员会授予"做出突出贡献的中国博士学位获得者"。1996 年入选北京市第一批跨世纪优秀人才培养计划，简称"百人工程"；1997 年入选教育部第一批跨世纪优秀人才培养计划；1998 年任中国人民大学经济学院副院长；1999 年入选国家"百千万人才工程"，任中国人民大学《经济理论与经济管理》杂志主编；2000 年入选北京市新世纪理论人才；2002 年任中国人民大学中国经济改革与发展研究院院长；2004 年被评为教育部第一批人文社会科学"长江学者"特聘教授；2008 年回到中国人民大学任中国经济改革与发展研究院常务副院长；2011 年任辽宁大学常务副校长（主持行政工作）；被评为辽宁省攀登学者；2012 年任辽宁大学校长；2013 年当选为第十二届全国人大代表；2014 年当选为第七届国务院学位委员会理论经济学学科评审组成员；2015 年任中央民族大学校长；自选集被列入《北京社科名家文库》；2016 年被聘为中央马克思主义理论研究和建设工程首席专家；2019 年被聘为中央民族大学资深教授；2020 年卸任校长职务，回归教授。

2. 科研成果：自 1984 年在《经济理论与经济管理》发表第一篇学术论文开始，我先后在《中国社会科学》《经济研究》《人民日报》《求是》《光明日报》《中国工业经济》《财贸经济》《经济学动态》《经济学家》等报刊发表学术论文 500 多篇。其中有 6 篇论文被《新华文摘》全文转载；4 篇论文被翻译成英文分别在 *China Economist* 和 *China Political*

Economy 发表；还有一些文章被《中国社会科学文摘》《中国高等学校学术文摘》《中国人民大学复印报刊资料》等文摘或报刊全文转载。先后出版了《市场与改革》《社会主义市场运行分析》《美国市场和政府的组合与运作》《探求市场之路》《探求发展之路》《探求政治经济学之路》《探求改革之路》《探求中国经济学之路》《与企业家谈经论道》（1~3辑）《中国城镇居民收入差距》《如何看待居民收入差距的扩大》《中国经济热点前沿》（1~17辑）、《国外经济热点前沿》（1~12辑）、《中国经济学发展报告（2016）》《中国经济学发展报告（2017）》《中国经济学发展报告（2018）》《中国经济学发展报告（2019）》等著作（独著、合著、主编）60多本。

3. 科研奖励：1988年获全国纪念党的十一届三中全会十周年理论讨论会论文奖；1991年获北京市第二届哲学社会科学优秀成果奖二等奖；1994年获北京市第三届哲学社会科学优秀成果一等奖；1995年获第一届中国高校人文社会科学研究优秀成果二等奖；1998年获北京市第五届哲学社会科学优秀成果一等奖；1999年获北京市庆祝建国五十周年论文奖；2002年获北京市第七届哲学社会科学优秀成果二等奖；2002年获第三届中国高校人文社会科学研究优秀成果三等奖；2006年获首届中华优秀出版物（图书）奖；2007年获第四届中国高校人文社会科学研究优秀成果奖二等奖；2008年获北京市第十届哲学社会科学优秀成果二等奖；2009年获第五届中国高校人文社会科学研究优秀成果二等奖；2010年获第三届中华优秀出版物（图书）奖；2010年获辽宁省教育厅优秀科学研究成果奖；2015年获第四届澳门人文社会科学研究优秀成果著作一等奖；2019年获第七届中华优秀出版物（图书）奖；2019年获第六届马克思主义研究优秀成果奖著作三等奖。

4. 科研项目：主持教育部哲学社会科学研究重大课题攻关项目、国家社科基金重点项目、马克思主义理论研究与建设工程重大项目子课题、国家社科基金重大委托项目子课题、教育部长江学者特聘教授项目、教育部人文社会科学重点研究基地重大项目、教育部霍英东基金会青年教师基金项目、教育部留学回国人员基金项目、教育部哲学社会科学研究普及读物项目、教育部学习宣传贯彻党的十八大精神理论研究课题、教育部研究阐释党的十九大精神研究课题、北京市社科基金重点项目、北京市社科基金特别委托项目、北京市社科基金"百人工程"项目、辽宁省教育厅高等学校创新团队项目等省部级以上项目。

主持全国《中小企业成长"十二五"规划》、《天津蓟县社会经济发展"十二五"规划》、《工业和信息化部"十二五"规划》、《国家民族团结进步事业发展2021–2015》前期研究项目、中国证券监督管理委员会证券投资者保护基金委托项目、国家发改委委托项目、财政部委托项目、国家民委委托项目、杭州市委托项目、中国保险监督管理委员会委托项目、希望集团委托项目等。

5. 主讲课程：为研究生、本科生讲授了"政治经济学""社会主义经济理论""中国经济改革与发展前沿""中国经济学""国民经济管理学"等课程。

所讲课程"国民经济管理学"被评为辽宁省普通高等学校精品课程；与林木西教授共同主编的普通高等教育"十一五"国家级规划教材《国民经济学》被评为国家精品教材、"十二五"国家级规划教材；参与编写的《马克思主义政治经济学》被评为北京市精品教材。

6. 教学奖励："国家经济学基础人才培养基地创新型人才培养研究"获教育部教学成果奖二等奖；辽宁省高等教育教学改革研究项目"国民经济学专业、课程、教材一体化建设研究"获辽宁省高等教育教学成果一等奖；"面向社会需要调整教学与科研方向"获北京市高校优秀教学成果一等奖；作为主要负责人的"国民经济管理专业"被评为全国普通高等学校特色专业建设点和辽宁省普通高等学校示范性专业；作为主要负责人的中央民族大学"经济学专业"获批国家一流专业；获颁中国人民大学商学院 EMBA20 年杰出贡献教授、广西大学商学院 EMBA 特别贡献奖。

我作为导师指导的博士生王检贵的博士学位论文《劳动与资本双重过剩下的经济发展》2002 年获全国百篇优秀博士学位论文奖。

7. 教改项目：主持的教育部"本科教学质量与教学改革工程"建设项目有：首批国家精品课程"政治经济学"，国家人才培养模式创新实验区"辽宁大学国家经济学基础人才培养模式创新实验区"，国家级教学团队"政治经济学课程教学团队"，全国普通高等学校特色专业建设点"经济学专业"等；主持的辽宁省教育厅"质量工程"建设项目有：省级首批精品课程、省级首批优秀课程"政治经济学"，省级首批教学团队"地方综合性大学经济学本科教学团队"，辽宁省首批本科综合改革试点专业、辽宁省首批示范性专业"经济学专业"等。

二、学术特点

我们这一代人的学术之路与中国经济改革与发展的伟大进程息息相关，因为不管你愿意还是不愿意，自觉还是不自觉，经济改革与发展的大潮都会把你卷入其中，只是有的人成为弄潮儿，有的人随波逐流，有的人被淹没了。我的学术研究之路，就刻下了这个伟大时代的深深印记。

1. 中国经济改革与发展大潮决定了我的人生定位。改革开放后国家恢复高考的历史性决定给予我巨大的吸引，召唤着我 1979 年 2 月义无反顾从部队复员回到内蒙古呼和浩特市，在我当年学习的呼和浩特第二中学班主任辛凤珍老师的帮助下，经过 5 个月的恶补，虽然只有初中毕业，但在 7 月参加高考时，却获得了在内蒙古非常靠前的高考成绩。在填报志愿时，我并不知"政治经济学"为何物，只是因为听到了 1978 年开始的改革开放隆隆战鼓，就似懂非懂、鬼使神差地决定冲入经济学的神圣殿堂。当时内蒙古是分数出来后再报志愿，我的分数可以报考北大，但北大在内蒙古不招经济学专业。中国人民大学政治经济学专业在内蒙古招生，但仅有 1 个名额，但我还是毫不犹豫地填报了中国人民大学的"政治经济学"专业。

非常荣幸地进入中国人民大学后，由于对政治经济学一无所知，在第一学期学习时并没有激起我对专业的特别兴趣，甚至还有了转专业的想法。随着专业课学习的深入，特别是中国人民大学一批大师级教师的博学、善教和人格魅力，燃起了我对政治经济学的热爱，并于 1982 年大三时做出人生规划，决定一生投身经济学的教学与科研，并立志考研究生，拿下博士学位。在这种理念指导下，我一边学习课程，一边尝试写点东西。非常有幸，1982 年在我大三期间，就有机会参加了我国经济学奠基人宋涛先生主编的《经济改革名词解释》（第三册）一书的编写，该书于 1982 年 9 月由辽宁人民出版社出版，人生第一次品尝了经济学学习成果出版的喜悦，异常兴奋。此外，我写的练习文章虽然自我感觉有点拿不出手，但还是厚着脸皮找当时给我们上课的著名经济学家，后成为北京大学校长的吴树青老师，非常感谢恩师为我指点迷津，循循善诱，引我上路，这使我较早地接受了经济学科研的指导和训练。这是作为学生早期的一种偏得。当然，这也是一种缘分，后来我非常荣幸拜在吴树青老师门下，成为他的博士生。更为难得的是我的本科毕业论文有幸得到了在新中国成立 70 周年大庆时被授予人民教育家国家荣誉称号的卫兴华老师的指导，卫兴华老师极其深厚的《资本论》功底和超严谨的科研精神让我终生铭记。在卫兴华老师的悉心指导下，我的本科毕业论文《试论〈资本论〉的叙述方法》幸运地在《经济理论与经济管理》杂志发表，这是我的学术论文处女作，当时也是让我兴奋不已，从而更加坚定了我的学术选择，下定决心要一条道走到亮。

1983 年 9 月我以第一名的成绩顺利考入本校硕士研究生，开始了新的研究和学习生涯。我之所以把研究放在了学习的前面，主要是因为，研究生与本科生虽然都是学生，但二者的根本差别就在于：本科注重的是"学"，打好基础，要固"本"；研究生的重点则是"研"，要全身心地投入到科学研究中，进入科学研究的理论前沿。汉字"研"字，拆开为"石"和"开"，即"精诚所至，金石为开"。在这一理念指引下，除认真学习外，我全身心地投入到学术研究中。在研二的第一学期，我就在经济学的顶级学术期刊《经济研究》1984 年第 12 期发表了《国家所有制的分权模式与经济体制改革》一文，之后又在《学术月刊》《经济理论与经济管理》《社会科学辑刊》等杂志共发表了 7 篇学术论文。1985 年 9 月因品学兼优，成为中国人民大学第一批免试推荐提前一年攻读博士学位的博士生，当时全校仅有两名同学获此殊荣，另一名为现任国家发改委副主任、国家统计局局长宁吉喆同志。

我在读博的第一年就在《经济研究》1986 年第 3 期发表了《论全民所有制企业行为类型及其对策》，当时很有趣的是，编辑部将我的名字按西方的习惯写成了"泰岩黄"，为此编辑部还向我道歉和做了更正，但在下期更正时又错写为"黄岩泰"，真是好事多磨。在博士研究生学习期间，我还先后在《财贸经济》《中国人民大学学报》《经济理论与经济管理》《学术月刊》等报刊发表论文 20 多篇，完成了《市场与改革——苏联、东欧市场理论比较》一书初稿和博士学位论文《社会主义经济运行中的市场》的写作。博士论文的核心部分"市场在经济运行中的作用"1999 年被《中国人文社会科学博士硕士文库·经济学卷（中）》

收录，由浙江教育出版社出版。

1988年7月博士毕业留校任教后，我就有资格申报科研奖励和荣誉称号。1988年，我先后获得全国纪念党的十一届三中全会十周年理论讨论会论文奖和中国人民大学优秀科研成果论文一等奖。1989年，荣获首批教育部霍英东基金会青年教师基金项目，得到时任国家主席杨尚昆等党和国家领导人的接见并颁发证书。1990年，被特批为副教授。1991年，被国务院学位委员会授予"做出突出贡献的中国博士学位获得者"；1991年12月国务院学位委员会将我们获选者的成绩整理出版了《华夏沃土育英才》（辽宁大学出版社）；1991年以我的博士学位论文为基础修改出版的《社会主义市场运行分析》一书获北京市第二届哲学社会科学优秀成果奖二等奖；1991年我国中青年经济理论工作者的学术传记文集《中国经济学希望之光》（经济日报出版社）介绍了我的学术成绩；1991年《中国博士精英》（中山大学出版社）也介绍了我的成绩。1992年我被特批为教授；1992年时任中国人民大学副校长罗国杰教授任主编，纪宝成教授、杨干忠教授为副主编的《学者谈艺录》(中国人民大学出版社)收录了我的《谈谈科学研究的方法》一文。1993年被国务院学位委员会特批为博士生导师，同年享受国务院政府特殊津贴。

1993年1月，为了进一步完善我的知识结构和拓展国际视野，抱着不仅当"土鳖"，而且还要吃点"洋面包"的想法，受福特基金会的资助，我前往美国南加州大学经济系做访问学者，研究美国市场经济体制，以响应邓小平同志"南方谈话"提出的建立社会主义市场经济体制重大改革战略。在美访学期间，通过学习和进入美国社会调研，我写出了多篇研究美国市场经济体制的学术论文在国内发表。回国后，我将这些研究成果集成以《美国市场和政府的组合与运作》为书名出版，该书获北京市第五届哲学社会科学优秀成果一等奖。1994年4月我的社会主义市场经济的观点被收录在《我的市场经济观》一书（江苏人民出版社），该书收录的有薛暮桥、吴敬琏、童大林、张培刚、李京文、樊纲、李扬、蔡昉等的市场经济观。

　　经过在中国人民大学本科、硕士、博士阶段和在美国访学期间的学习和研究，以及由此获得的成绩和荣誉，使我彻底坠入经济学的爱河而不能自拔。正如2004年我在首次出版的《中国经济学热点前沿（第1辑）》前言中所说的那样："经济学是一门令人激动、快乐、富有的学科。……因为爱着，我们幸福在经济学的殿堂里；因为快乐着，我们选择了研究者的生活。愿我们的爱，演化一种光荣；愿我们的生活，实现一个梦想。"[①]至今我依然不改初心，无怨无悔。虽然我2011年6月非常意外地走上了大学校长岗位，行政工作缠身，但仍坚持利用晚上、双休日、节假日和假期的空余时间徜徉在经济学的幸福世界里，潜心研究，笔耕不辍。我还认为，中国的大学校长不同于国外的大学校长，特别是如我服务的地方大学或排名相对靠后的大学，校长既要运筹帷幄，排兵布阵，还要在教学、科研、服务社会上亲临前线，冲锋陷阵。

　　2020年8月24日我卸任中央民族大学校长，回归教授，教书育人。在离任大会上，我做出了如下承诺：回归教授后，我要多搞点教学，多做点科研，多出点成果，报答学校。为此，我要淡泊一点、宁静一点、自在一点，追求人生下半场的诗和远方。在这半年时间里，我写出了多篇文章，在《光明日报》《经济日报》《理论动态》《经济学动态》《经济理论与经济管理》《中国特色社会主义研究》《中央民族大学学报》等报刊发表和即将发表。

　　2. 中国经济改革与发展进程决定了我的研究领域。经济改革和发展

①黄泰岩、杨万东主编：《中国经济热点前沿》（第1辑），经济科学出版社2004年版。

是我国 1978 年改革开放以来经济工作的两大主题，但这两大主题在我国改革开放的不同发展阶段上相互关系和地位却是不一样的。

从 1978 年实行改革开放到本世纪初，总揽中国经济全局的主题是改革。改革的目标是建立中国特色社会主义市场经济体制，改革的目的是解放和发展生产力，改革的核心任务是处理好政府与市场的关系，改革的方向是使市场在资源配置中起决定性作用。因此，在传统计划经济体制向社会主义市场经济新体制转型过程中，"市场"就成为中国经济学首先需要聚焦研究的问题，从而决定了我学术研究的主要领域。在市场理论研究方面，我主要做了以下工作：一是整理和研究了苏联、东欧的市场与改革理论，出版了我的第一本专著《市场与改革——苏联、东欧市场理论比较》；二是从市场功能与失灵的视角整理和研究了西方市场理论，与雷达教授合作出版了《市场的功能与失灵——西方市场理论考察》，该书获中国人民大学第六届优秀科研成果著作奖；三是结合我国经济改革的实际和我国的具体国情，探讨了社会主义市场运行的理论和机制，出版了专著《社会主义市场运行分析》，该书获北京市第二届哲学社会科学优秀成果奖二等奖；四是以计划和市场的关系为主线，尝试构建我国市场经济新体制，与著名经济学家卫兴华教授合作出版了《我国新经济体制的构造》，该书先后获北京市第三届哲学社会科学优秀成果著作一等奖、第一届中国高校人文社会科学研究优秀成果著作二等奖；五是以美国市场经济体制为对象，研究美国市场与政府在经济运行中的作用及其组合，出版了专著《美国市场和政府的组合与运作》，该书获北京市第五届哲学社会科学优秀成果一等奖；六是从社会主义市场经济体制基本要求出发对政府职能做出了界定，与雷达教授、王效平教授合作编著出版了《政府经济职能》一书；七是为构建社会主义市场经济体制的微观基础，探讨了国有企业改革和非公有制经济的发展，先后在《经济研究》等杂志发表多篇论文。

2002年，应时任中国人民大学出版社总编辑杨耕教授之邀，将我这一时期对市场问题研究的一些代表性论文以《探求市场之路》为书名由黑龙江人民出版社结集出版。该书多次印刷，获得学界好评。

进入21世纪以来，随着社会主义市场经济体制的初步建立，中国经济改革和发展两大主题的关系发生了历史性转变，其突出标志就是"十五"计划纲要第一次明确把改革和发展两大主题的关系调整为"以发展为主题"，改革开放与科技进步并列放在发展动力的位置上。这意味着改革被纳入了发展的框架中，把发展放在了总揽全局的位置上。因此，我的研究重心就顺应时代变化的要求从"市场"转到"发展"问题上。在这一研究领域，我主要做了以下工作：一是针对1997年亚洲金融危机对中国经济的严重影响，探讨通货紧缩下的经济增长问题。2000年，我组织中国人民大学经济研究所的同事们出版了我主编的《中国经济发展报告——反通货紧缩的政策选择》一书，对新中国成立以来从未出现过的通货紧缩现象做出了理论解释，探讨了今后加快我国经济增长的经济政策基本取向，该书获北京市第七届哲学社会科学优秀成果二等奖。我还和著名经济学家杜厚文教授主编出版了《通货紧缩下的经济增长》一书。二是针对刘易斯二元经济理论中忽视农业发展的不足，结合我国二元经济结构的实际，通过扩展农业基础性地位的内涵，试图对刘易斯二元经济理论进行完善和发展。我与我的博士生王检贵同志合作在《中国社会科学》2001年第3期发表了《工业化新阶段农业基础性地位的转变》一文。该文先后获得第八届中国人民大学优秀科研成果论文一等奖、第四届中国高校人文社会科学研究优秀成果二等奖。三是针对我国改革开放以来居民收入差距不断扩大对经济发展的影响，探讨了收入差距的测量指标体系、形成原因和调节政策。我与我的博士生王检贵同志合作2001

年出版了《如何看待居民收入差距的扩大》一书；与我的博士生牛飞亮教授合作 2007 年出版了《中国城镇居民收入差距》一书，该书获北京市第十届哲学社会科学优秀成果二等奖。四是针对知识经济的兴起，将知识经济作为独立的一元，与农业经济、工业经济一起构成三元经济的发展理论框架，试图突破刘易斯的二元经济发展理论框架，以指导我国新型工业化的发展实践。我与著名经济学家林岗教授合作组织团队 2007 年出版了《三元经济发展模式》一书，该书获第五届中国高校人文社会科学研究优秀成果奖二等奖。五是针对我国经济发展面临的资源环境制约，探索在资源环境约束下的中国经济发展道路。我在《经济学动态》2008年第 12 期发表了《中国经济发展的速度、道路及矛盾化解》，该文被翻译成英文"China's Future Development: A Closer Look at the Resource Environment"在 China Economist 2009 年第 3 期发表。六是为应对我国跨越"中等收入陷阱"面临的挑战，我和中国人民大学中国经济改革与发展研究院的同事们合作 2011 年出版了《迈过"中等收入陷阱"的中国战略》研究报告。七是针对我国经济发展进入新常态所面临的发展动力不足问题，寻找新常态下发展的新动力。利用 2013 年 11月至 2014 年 2 月在美国密歇根大学访学的时间，我撰写了《中国经济的第三次动力转型》一文，该文在《经济学动态》2014 年第 2 期发表，后被《新华文摘》2014 年第 11 期全文转载，然后被翻译成英文"Driving Force for China's Third Economic Growth Transformation"在 China Economist 2014 年第 5 期发表。

2016 年在北京市社科联的举荐下，我发表的有关我国经济发展的一些代表性论文结集，被列入《北京社科名家文库》，并以《探求发展之路》为书名，作为《探求市场之路》的续篇由首都师范大学出版社出版。

进入新时代以来，随着我国稳居世界第二大经济体，我国对发展的认识不断深化，从而提出了从"高速发展"向"高质量发展"的转变，"以发展为主题"就转化为"以高质量发展为主题"。因此，我的研究重心就顺应时代变化的要求转向高质量发展的研究。在《人民日报》《光明日报》《经济学动态》等报刊发表的《经济学研究当为高质量发展服务》《以现代市场体系保障高质量发展》《坚持和完善社会主义基本经济制度推动经济高质量发展》《理论创新驱动我国高质量发展》等论文，从基本经济制度、市场体系、创新驱动、改革开放、现代化经济体系等多视角、多层面对高质量发展进行了深入分析，提出了高质量发展的内涵，以及推进高质量发展的路径和方式，为跨越"中等收入陷阱"提出了政策建议。

2020年突如其来的新冠肺炎疫情对我国高质量发展造成了重大外部冲击，致使我国2020年第一季度经济同比负增长6.8%。面对这一重大意外事件，经济学必须做出学理性的解释。为此，我参与了《光明日报》2020年3月10日的访谈《新冠肺炎疫情掀不翻中国经济这片海——经济学家谈如何全面、辩证、长远地看待我国经济发展》，谈了自己的看法；在《红旗文稿》2020年第8期发表的《科学认识中国经济发展基本面》，从供给侧和需求侧分别探讨了中国经济发展的基本面。该文被《新华文摘》2020年第14期全文转载，并被有关领导批示。

3. 中国经济改革与发展难题决定了我的学术路径。中国经济改革与发展是一场前无古人的伟大实践，这赋予了我们这一代经济学者特定的历史责任，那就是构建有中国特色、中国风格、中国气派，能够解决中国经济改革与发展面临的重大问题的中国特色社会主义经济理论体系。就这一问题，我在《人民日报》2015年1月26日发表的《中国经济学为什么能解决中国问题》做出了解释。

构建中国特色社会主义经济理论体系，首先需要推进马克思主义经济学的中国化，开拓当代中国马克思主义经济学的新境界。我们这一代老博士今天还引以为豪的就是具备了一点马克思主义经济学的理论功底，这得益于当年我们在本科期间认真学习了《资本论》一、二、三卷和其他马克思主义的经典著作，而且当时是逐字逐句地研读，当遇到不懂的地方，同学们还在一起争论不休，深入研讨。期末考试时，老师们也非常严格，不仅考《资本论》第几章第几节的内容，而且还考某一页下面的小注是什么意思，今天我仍记忆犹新，当然也受益匪浅。1984年我发表的第一篇学术论文就是探讨《资本论》的叙述方法，同年还发表了几篇对马克思经济学经典理论的探讨；1988年我非常幸运参加了宋涛先生主编的《〈资本论〉辞典》一书；1998年与著名经济学家吴易风教授、顾海良教授等一起编写了中国人民大学硕士研究生教材《马克思主义经济理论的形成和发展》；1999年参与著名经济学家卫兴华、林岗教授主编的《马克思主义政治经济学》本科教材，该书被评为北京市精品教材；1999年第3期在《教学与研究》发表了《如何讲授马克思主义政治经济学原理第一章》；2009年与李建军、王兆斌合作以"秋实"的名义在《求是》杂志发表了《为什么必须坚持公有制为主体多种所有制经济共同发展的基本经济制度而不能搞私有化和"纯而又纯"的公有制》；2004年与著名经济学家洪银兴教授、林岗教授、逄锦聚教授、刘伟教授共同撰写了《政治经济学理论创新与实践价值》一书，该书作为经济科学出版社推出的《马克思主义基础研究和建设工程》系列，获得了首届中华优秀出版物（图书）奖（2006年）；2010年5月27日在《人民日报》发表了《用发展和改革的实践检验基本经济制度》；2012年5月21日在《人民日报》发表了《坚持基本经济制度推动科学发展》；在《经济理论与经济管理》2020年第1期发表的《坚持和完善社会主义基本经济制度需处理的三大关系》等。这些文章都试图在推进马克思主义经济学的中国化方面做出自己的努力。为此，《当代经济研究》2013年第10期以《当代马克思主义经济学家黄泰岩》为题对我进行了学术介绍。

构建中国特色社会主义经济理论体系，还要以开放包容的胸怀充分吸收借鉴西方经济学各个学派的科学成分。西方经济学在经济体制、经济运行以及资源优化配置等层面反映了市场经济运行的一般规律，成为经济学的共同财富，构建中国特色社会主义经济理论体系，必须充分吸收这些经济学的共同财富。在这方面，我主要做了以下工作：一是为了研究我国的市场理论，不仅整理和研究了苏联东欧的市场与改革理论，而且还整理和研究了西方市场理论。在美国访学期间，不仅整理和研究了美国的市场理论文献，还深入到美国的一些市场、企业和政府调研，搜集第一手资料。二是为了研究社会主义经济理论，1991 年还组织编写了《西方社会主义经济理论述评》一书作为参考和借鉴。三是为了研究我国经济改革与发展面临的重大问题和难点问题，2004 年开始到 2015年每年组织编写一本《国外经济热点前沿》，主要对应国内关心的热点问题，对国外学者的相关研究文献进行比较系统的梳理，从中看出国内外的研究差异，为中国经济学研究提供比较研究的条件。四是为了研究我国初次分配制度改革，组织编写了《初次收入分配理论与经验的国际研究》，对美国、日本、韩国、印度和我国台湾地区的初次分配制度的变迁及其经验进行了系统整理和研究。五是为了研究我国的企业制度改革和民营企业的发展，参与了由日本北九州市立大学王效平教授组织的中、日、韩三国企业制度比较研究，深入日本企业调查研究，《中国民营企业的发展》一文被收录到《新世纪的东亚经济合作》一书（香港中国评论学术出版社）；参与了中、日、韩三国钢铁产业、汽车产业等的理论研究和产业调研，形成了相应的研究报告。

构建中国特色社会主义经济理论体系，更重要的是总结中国经济改革与发展的实践经验，在此基础上总结和提炼新理论、新范畴。中国 40

多年来改革开放的巨大成功，以及经济发展创造的"中国奇迹"，使中国经济学人具有了运用自己的经验检验已有理论、创造新理论的资本和发言权。因此，总结中国经验、提炼中国概念、形成中国理论，就成为中国经济学人的重大历史机遇。在这方面，我主要做了以下工作：一是梳理和总结我国学者对中国经济改革与发展实践的研究文献。经济学的创新，必须建立在已有的经济学文明成果的基础上。因此，对已有经济学文献的系统梳理，就成为经济学推进理论创新的基本前提和出发点。我从 2004 年开始每年组织编写一本《中国经济热点前沿》，现已连续出版了 17 本，这是国内经济学界没有人做到的。对已有经济学文献的系统梳理，我希望达到以下目的：一方面为经济学研究或者理论创新提供一个比较全面和系统的研究成果基础，或至少是一个研究资料的基础；另一方面为经济学研究或者理论创新提供一种研究规范。通过这种规范，打造出一个经济研究的平台，一个经济研究的新起点，使大家能够在这个新的平台或者新起点上推进经济学的进一步创新，从而减少经济学的重复研究和重复建设。本书第一辑出版后，《光明日报》《中国教育报》《中国图书商报》《经济理论与经济管理》等报刊就给予了很好的评价。北京大学经济学院王跃生教授甚至把本书的写作称为是修桥补路、服务大家的善举。著名经济学家卫兴华教授认为本书"可作为经济理论工作者和实际工作者进一步研究有关问题的文献与资料储备"，"有修桥补路之功"[1]。著名经济学家逄锦聚教授认为本书"是一部综合了中国经济学界大多数学者集体智慧的集成之作。[2]"《经济学家》周刊副主编白卫

---

[1] 卫兴华：《〈中国经济热点前沿〉简评》，载《人民日报》2005 年 9 月 19 日。
[2] 逄锦聚：《评〈中国经济热点前沿〉（第 2 辑）》，载《经济理论与经济管理》2005 年第 10 期。

星认为本书"堪称高质量的中国经济学发展的年度报告"①。二是通过承接国家和地方政府社会经济发展规划等委托项目，了解政府的运作和管理，如通过编制全国《中小企业成长"十二五"规划》，在全国定点对中小企业进行问卷调查，了解了中国中小企业的生存状况。三是通过承接国有企业和民营企业等不同类型企业的发展战略制定、企业改制、企业上市等项目，了解中国不同类型企业的经营理念、管理制度和运行机制等。四是通过不同形式的企业家访谈，了解中国企业家的管理思想，由此总结出中国式的企业管理理论和企业成长理论，我与著名企业管理专家杨杜教授、财经记者李向阳共同出版了三辑《与企业家谈经论道》。五是通过分析评论企业案例了解中国企业的成长，企业案例解析以《中国中小企业大讲堂——聚焦中小企业》一书出版（中共中央党校出版社）。六是通过参与澳门特区经济社会发展研究中心的研究团队，与澳门城市大学副校长邢文祥教授共同主持了澳门基金会资助的澳门社会经济发展研究，研究成果《澳门社会经济发展研究报告（2012）：澳门产业发展与创新》一书获得澳门第四届人文社会科学研究优秀成果著作一等奖。由于我们的工作对国家、地方和企业改革与发展产生了一定的影响力，我率领的"中国经济改革与发展研究院"2010年被《瞭望》周刊列为"国家智库"。

这种对中国经济改革与发展实践的关心和关注，使我的学术研究具有非常明显的问题导向性，敢于直面中国经济改革与发展的重大问题，努力研究真问题，解决真问题。因此，我把"读万卷书、行万里路"作为我学术研究的座右铭。

①白卫星：《我看〈中国经济热点前沿〉》，载《企业家日报》2014年11月2日。

4. 中国经济改革与发展进入新时代决定了我的学术新任务。党的十九大宣告中国特色社会主义进入新时代，提出了新时代的新思想、新矛盾、新战略和新政策，以引领我国高质量发展，跨越"中等收入陷阱"，实现富强民主文明和谐美丽的现代化强国。新时代需要新理论，从而把经济学的理论创新提到了前所未有的高度。

2015 年习近平总书记提出要学好用好政治经济学，11 月 23 日在中共中央政治局就马克思主义政治经济学基本原理和方法论进行第二十八次集体学习时强调，不断开拓当代中国马克思主义政治经济学新境界。2016 年 5 月在哲学社会科学工作座谈会上的讲话中要求构建具有自身特质的学科体系、学术体系、话语体系。2017 年中央经济工作会议明确提出了习近平新时代中国特色社会主义经济思想。习近平总书记关于构建中国特色社会主义经济理论体系的系列讲话，掀起了我国研究马克思主义政治经济学，以及构建中国特色社会主义经济学理论体系的新高潮。

因此，推进构建中国特色社会主义经济学的学科体系、学术体系、话语体系和方法论体系，就成为我们这个时代经济学工作者责无旁贷的责任。我主要做了以下工作：

一是先后在《经济研究》《人民日报》《光明日报》《政治经济学评论》《南京大学学报》《马克思主义与现实》《新华日报》《文汇报》《经济学家》等报刊发表了《中国特色社会主义政治经济学的传承与创新》《改革开放 40 年中国特色社会主义政治经济学的创新发展》《马克思主义在当代中国的鲜活价值》《中国经济学学科体系研究新进展》等 20 多篇文章，提出对开拓中国马克思主义政治经济学新境界的认识，其中在《经济研究》2017 年第 1 期发表的《在发展实践中推进经济理论创新》一文被翻译成英文 "Economic Theory Innovation and China's

Development Practice" 在 Emerald Publishing Limited 出版的 *China Political Economy* 2018 年第 1 期发表，在《光明日报》2017 年 11 月 21 日发表的《社会主要矛盾的转化规律及其政策取向》一文被《新华文摘》2018 年第 2 期全文转载。将我研究政治经济学的系列文章以《探求政治经济学之路》为题由经济科学出版社于 2017 年出版；将研究中国经济学的系列文章以《探求中国经济学之路》为题由经济科学出版社于 2019 年出版。

二是参与了洪银兴教授主编的《学好用好中国特色社会主义政治经济学》（江苏人民出版社 2016 年版）和《新编社会主义政治经济学教程》（人民出版社 2018 年版）的编写，试图在现有的认知程度上推进中国经济学理论体系的探索。其中，《新编社会主义政治经济学教程》一书获得"第六届马克思主义研究优秀成果奖"著作类三等奖。作为副主编参与了洪银兴教授等主编的《现代经济学大典》一书的编写，试图对改革开放以来我国出现的新概念、新范畴、新理论进行科学阐释和总结，而且为了让世界了解中国对世界经济学创新与发展的巨大贡献，该书已与国外出版社签约翻译成英文在国外出版。同时，该书获得了第七届中华优秀出版物（图书）奖和教育部第八届高等学校科学研究优秀成果奖（人文社会科学）著作一等奖。

三是参加了由洪银兴教授领衔的中央马克思主义理论研究和建设工程重大项目《中国特色社会主义政治经济学研究》，受聘为中央马克思主义理论研究和建设工程首席专家；参加了由洪银兴教授主持的国家社科基金重大委托项目《中国特色社会主义经济学基本理论问题研究》，负责子课题；承担了教育部《研究阐释党的十九大精神》委托课题。通过这些重大课题的深入研究，以推动中国经济学的理论创新。

四是从中国经济改革开放 40 年的成功经验中揭示经济运动的规

律，推进中国经济学的理论创新。我撰写了《我国改革周期性变化规律及新时代价值》一文，试图揭示我国改革的周期性规律，把我国改革的经验上升到理论学说。该文获得中国人民大学纪念改革开放 40 周年论文奖；被翻译成英文 "Cyclical Patterns of China's Reform and Their Implications for the New Era" 在 *China Economist* 2019 年第 5 期发表；被《高等学校文科学术文摘》2019 年第 1 期全文转载。为纪念改革开放 40 周年，我将关于研究我国经济改革的系列文章整理成《探求改革之路》，由经济科学出版社 2018 年出版。

五是探索区域经济发展的特殊规律，服务国家区域发展战略。在辽宁大学工作期间，推进东北振兴成为责无旁贷的任务，我在《经济理论与经济管理》《人民论坛》《今日中国》《辽宁日报》等报刊发表的《从经济区比较看东北经济的振兴》《打造中国经济第四增长极》《长吉图开发开放战略的特色与道路》《深化金融强市，打造东北亚沿边开放桥头堡》等论文，将东北经济振兴置于我国区域经济发展的大格局下，提出东北振兴的路径选择和政策建议。民族地区因历史、文化、环境等特殊性，经济发展的道路必然具有差异性，探讨这种发展的差异性，毫无疑问是在中央民族大学工作的经济学者必须担当的责任。为此，我们专门成立了"中国兴边富民战略研究院"，立志将其建设成为兴边富民的国家智库。我在《中国民族报》发表了《新时代兴边富民战略需要处理的几大关系》，在《中央民族大学学报》将发表《民族地区同步实现现代化的战略思考》，并承接了国家民委委托的"关于边境地区民族问题研究"和"民族团结进步事业发展研究（2021–2015 年）"等课题，将民族地区置于构建新发展格局的框架下，提出了民族地区同步现代化的理论与政策选择，服务国家的全面现代化建设和兴边富民战略。

三、学术方法

构建中国特色社会主义经济理论体系的逻辑，概括起来无非有三种：

一是理论逻辑。这就是运用历史唯物主义方法、辩证唯物主义方法和科学抽象法等提出新思想、新观点、新范畴、新体系，以及借鉴吸收西方经济学的均衡分析、边际分析、静态分析、动态分析等具体研究方法。经济学的研究，必须要有理论思想。可以说，没有理论的创新，再美妙华丽的工具和模型也不可能构建起中国特色社会主义经济理论体系。

二是经验逻辑。恩格斯明确指出，政治经济学本质上是一门历史的科学，因而逻辑发展完全不能限于纯抽象的范围，需要历史的例证。这就是用世界上各类不同国家的发展经验以及新中国成立以来，特别是改革开放 40 多年来我国经济发展的经验检验和修正已有的理论和范畴，该继承的继承，该放弃的放弃，该丰富的丰富，发展和完善已有的理论；从这些经验中总结和提炼新概念、新范畴，实现理论创新。

三是数理逻辑。马克思自 19 世纪 60 年代就致力于将数学运用于揭示经济规律的研究，这在《资本论》中得到了充分体现。马克思甚至认为，一种科学只有在成功地运用数学时才算达到了真正完善的地步。运用数理逻辑，就是通过数学方法揭示不同变量之间的数量关系，使理论揭示的经济运动规律可量化、更准确；运用数理逻辑对已有的理论做出验证，增强理论的应用性和实践性。由于大多数理模型和工具是在西方国家的理论和实践中形成的，而我国与西方国家存在巨大差异，为增强模型和工具的适用性，就需要对这些模型和工具进行中国化的修正。

马克思的《资本论》是把理论分析、经验分析和数理分析有机结合的榜样，形成了历史与逻辑相统一的科学方法，并运用数学方法揭示和验证经济规律实现了理论逻辑与数理逻辑的统一。马克思之所以能够达到理论分析、经验分析和数理分析的有机结合，是因为马克思把经济学家、哲学家、历史学家和数学家集于一身。我们必须要把理论逻辑、经验逻辑和数理逻辑有机融合起来加以运用，才能构建出真正既符合经济学一般发展规律又接中国地气的，拥有中国特色、中国风格、中国气派的社会主义经济理论体系。

回首总结 30 多年来我所使用的经济学研究方法，基本上是运用了前两种逻辑，即理论逻辑和经验逻辑。前期的研究主要运用的是理论逻辑，注重澄清一些理论概念和关系；后期的研究开始转向更多地使用经验逻辑，包括理论经验、实践经验、案例、调查问卷和访谈，特别是随着我国改革开放 40 多年来改革与发展经验的积累，运用经验总结和提炼理论具有了更大的空间和条件。对于我的数理逻辑方法短板，今后需要加大补短板的力度，一方面学习马克思的科学精神，不断提升自身综合运用理论分析、经验分析和数理分析的能力；另一方面组建学术团队，形成各个团队成员优势互补的协同创新。

四、学术观点

在 30 多年的学术研究中，自认为算是学术观点的可能主要体现在以下方面：

1. 推进中国特色社会主义经济学建设，努力开拓当代中国马克思主义经济学新境界。

第一，推进马克思主义经济学中国化。长期坚持对马克思主义经济学进行深入研究，结合马克思主义经济学基本理论和方法对我国基本经济制度做出了学理解释，如《求是》发表的《为什么必须坚持公有制为主体多种所有制经济共同发展的基本经济制度而不能搞私有化和"纯而又纯"的公有制》、《人民日报》发表的《用发展和改革的实践检验基本经济制度》等；与洪银兴教授等共同撰写的《政治经济学理论创新与实践价值》获得首届中华优秀出版物（图书）奖。

第二，推进中国经济学理论体系建设。在《人民日报》《马克思主义与现实》《南京大学学报》等发表了《中国特色社会主义经济学的研究对象、主线和框架》《构建中国特色社会主义经济理论体系》《深入研究新发展理念的政治经济学内涵》等，提出了中国经济学理论体系构建框架设计。出版的《中国经济学发展报告》对构建中国经济学科体系进行了积极探索。参与洪银兴教授主编的《学好用好中国特色社会主义政治经济学》和《新编社会主义政治经济学教程》，推进中国经济学理论体系的探索，《新编社会主义政治经济学教程》一书获得"第六届马克思主义研究优秀成果奖"著作类三等奖。作为副主编参与了洪银兴教授的《现代经济学大典》的编写，对改革开放以来我国出现的新概念、新范畴、新理论进行科学阐释和总结，该书获得了第七届中华优秀出版物（图书）奖，第八届高等学校科学研究优秀成果奖（人文社会科学）著作一等奖，并已与国外出版社签约将翻译成英文在国外出版。

第三，努力开拓中国马克思主义政治经济学新境界。先后在《经济研究》《人民日报》《光明日报》等报刊发表了《中国特色社会主义政治经济学的传承与创新》《改革开放 40 年中国特色社会主义政治经济学的创新发展》《中国经济学学科体系研究新进展》等 20 多篇文章，其中在《经济研究》发表的《在发展实践中推进经济理论创新》一文被翻译成英文由 Emerald Publishing Limited 出版的 *China Political Economy* 2018 年第 1 期发表，在《光明日报》发表的《社会主要矛盾的转化规律及其政策取向》一文被《新华文摘》全文转载。

2. 深化研究高质量发展，服务新时代经济发展。

在《人民日报》《光明日报》《经济学动态》等报刊发表的《经济

学研究当为高质量发展服务》《以现代市场体系保障高质量发展》《坚持和完善社会主义基本经济制度推动经济高质量发展》《理论创新驱动我国高质量发展》等论文，从基本经济制度、市场体系、创新驱动、改革开放、现代化经济体系等多视角、多层面对高质量发展进行了深入分析，提出了高质量发展的内涵，以及推进高质量发展的路径和方式，为跨越"中等收入陷阱"提出了政策建议。

3. 全景式分析和评价中国经济学研究最新进展，为中国经济学理论创新打造研究平台。

从 2004 年开始紧盯经济学发展的前沿理论，每年组织编写一本《中国经济热点前沿》，对中国经济学研究现状做出全景式分析和评价，为经济学理论创新提供"巨人的肩膀"。《中国经济热点前沿》已连续 17 年出版了 17 辑，是学界唯一一本长期记录中国经济学研究进展的报告，为经济学研究或者理论创新提供了一个比较全面和系统的研究成果基础。

4. 拓展和修正刘易斯二元经济理论，尝试构建能够解释和指导新时代中国经济发展的经济学理论体系。

第一，扩展了二元经济理论中农业的基础性地位。发表于《中国社会科学》的《工业化新阶段农业基础性地位的转变》，将刘易斯二元经济理论忽略的农村市场需求作为中国经济发展的一个重要内需拉动力，通过扩展农业基础性地位的内涵，将主要重视农业的要素贡献，进一步扩展到产品贡献、市场贡献和外汇贡献，尤其提出了我国工业化新发展阶段中农业市场贡献的重要性，试图对刘易斯二元经济理论进行完善和发展。该文先后获得第八届中国人民大学优秀科研成果论文一等奖、第四届中国高校人文社会科学研究优秀成果奖二等奖。

第二，提出了劳动力流动呈现出农民—农民工—市民的三主体的中国模型。发表于《经济学动态》的《"民工荒"对二元经济理论的修正》

等论文，突破了刘易斯二元经济模型中农民—市民的两主体劳动力流动模型，针对我国农民进入城市成为农民工，构建了农民—农民工—市民三主体模型，在三主体劳动力流动模型下，工业化、城市化和农业现代化都表现出独特的道路和特征。

第三，构建了三元经济发展理论框架。依据知识经济社会的来临和对经济社会的深刻影响，发表于《政治经济学评论》的《知识经济的结构革命》等论文，提出了知识经济是一个独立的经济形态，从而将其与农业经济、工业经济并列构成三元经济，通过创建新的符合时代的三元经济发展理论框架，试图用更符合当前信息化、人工智能等新一轮科技革命的三元经济理论替代刘易斯的二元经济理论，指导中国经济的高质量发展。与林岗教授一起合作的专著《三元经济发展模式》一书获第五届中国高校人文社会科学研究优秀成果奖二等奖。

5. 重新界定和测量我国收入差距，提出改革思路，从制度供给角度完善中国经济学理论体系。

第一，界定了我国收入差距合理性标准。对居民收入差距的测量指标体系进行评价和选择，并依据我国的特定发展阶段以及我国基本经济制度的要求，对居民收入合理分配的标准及其应用做出了界定，先后出版了《如何看待居民收入差距的扩大》《中国城镇居民收入差距》等著作和论文，探讨了我国收入差距的测量指标体系、形成原因和调节政策，其中《中国城镇居民收入差距》获得北京市第十届哲学社会科学优秀成果奖二等奖。

第二，验证了库兹涅茨倒"U"型假说在中国的适用性。发表于《中国特色社会主义研究》的《个人收入差距变动的中国假说及其验证》用中国经验验证了库兹涅茨的倒"U"型假说，得出该假说不可能解释中国居民收入差距变动的复杂情况，即中国居民收入差距的变动不仅取决于经济增长，还受到制度变迁的巨大影响，因而必须根据中国的特殊因素构建中国特色的个人收入差距变动假说。

第三，测量了我国城镇居民的收入差距。《中国城镇居民收入差距》一书和发表于《经济纵横》的《个人收入分配制度的突破与重构》在构建新的测量指标体系基础上，对我国城镇居民收入差距进行了新的测量和评估，借鉴《初次收入分配理论与经验的国际研究》对各国国民收入分配初次变动历程和原因的深入分析，提出了我国缩小居民收入差距的政策建议。

6. 深化社会主义市场经济运行理论与机制研究，发展和完善社会主义市场经济理论。

第一，系统整理和研究了苏联、东欧和西方市场经济理论。一是系统整理研究苏联、东欧市场理论，出版了《市场与改革——苏联、东欧市场理论比较》，为我国加快社会主义市场化改革提供参考。二是从市场功能与失灵视角系统整理和研究了西方市场经济理论，出版了《市场的功能与失灵——西方市场理论考察》，该书获得中国人民大学第六届优秀科研成果著作奖。三是以美国市场经济体制为对象，研究了美国市场与政府在经济运行中的作用及组合，出版了《美国市场和政府的组合与运行》，获得北京市第五届哲学社会科学优秀成果奖一等奖。

第二，探讨了社会主义市场经济运行理论和机制。结合我国经济改革的实际和我国的具体国情，深入探讨了社会主义市场经济运行理论和机制，出版了《社会主义市场运行分析》专著，为发挥市场对资源配置起决定性作用和更好发挥政府作用，从而完善社会主义市场经济运行机制提供了理论解释和政策基础。该书获得北京市第二届哲学社会科学优秀成果奖二等奖。

第三，尝试构建我国市场经济新体制。以计划和市场的关系为主线，尝试构建我国市场经济新体制，与著名经济学家卫兴华教授合作出版了《我国新经济体制的构造》，先后获得北京市第三届哲学社会科学优秀成果著作一等奖、第一届中国高校人文社会科学研究优秀成果著作二等奖。

与青春握手

Shake Hands with Youth